Marcos Familiengeheimnis

Christel Löber

17.11.18
Viel Spaß
beim lesen
wünscht
ihr - Löber

Marcos Familiengeheimnis

Christel Löber

mit Illustrationen
von
Ralph Groß

Verlag **WORTGEWALTIG**

**Bibliografische Information der Deutschen
Nationalbibliothek:**
Die Deutsche Nationalbibliothek verzeichnet diese Publikation
in der Deutschen Nationalbiografie; detaillierte bibliografische
Daten sind im Internet über http://dnb.d-nb.de abrufbar.

Christel Löber: Marcos Familiengeheimnis
1. Auflage 2011
© Verlag Wortgewaltig, Hanau, 2011
Gesamtherstellung: Prisma-Druck GmbH, Saarbrücken
Umschlaggestaltung: Rosi Simon, Hanau
Buchgestaltung: Werner Möhl, Hanau
Printed in Germany

Sollten Sie Fragen zu unserem Programm haben,
schreiben Sie bitte an:
Verlag Wortgewaltig, Gärtnerstr. 52, 63450 Hanau,
oder besuchen Sie uns unter: www.wortgewaltig.de

ISBN-Nr. 978-3-940372-14-7

Liebe Leserinnen und Leser,

auch diese Geschichte und die Namen der Personen sind wieder frei erfunden und knüpfen an mein letztes Buch "Spätes Glück, Erbschleicher und andere Gestalten" an.

Es ist trotzdem ein abgeschlossener Roman.

Marco will endlich seinen Vater kennen lernen. Seine Mutter muss ihm Rede und Antwort stehen. Was er auf der Suche nach seinen Wurzeln so alles erlebt, könnt ihr in diesem Buch lesen. Er findet eine 'Kratzbürste' ohne Sprit am Straßenrand, eine eingeschüchterte Schwester und ein Vollpfosten, nämlich seinen Erzeuger. Auch Betrügereien deckt er auf.

Und jetzt viel Spaß beim Lesen!

1

Alles ging seinen gewohnten Gang, der Alltag hatte bei den Knapps Einzug gehalten.

Die Senioren waren wieder mal im Schwarzwald zur Kur. Franz benötigte sie, um mit seiner Krankheit MS besser fertig zu werden. Man baute ihn dort sehr gut auf.

Und Großmutter Sieglinde, Franz' Glücksstern, wie er sie nannte, war bei ihrem Liebsten, das ließ sie sich nicht nehmen.

Marco war auf dem Weg zu seiner Mutter nach Hamburg.

Da musste er fünfundzwanzig Jahre alt werden, um zu erfahren, dass Fritz Braun nicht sein richtiger Großvater war.

Das wäre nie herausgekommen, wenn sein Onkel Alfred nicht an Leukämie erkrankt wäre. Damals wurde seine Mutter und Großmutter getestet, ob sie eventuell als Rückenmarkspender in Frage kämen. Und was war das Ergebnis?

Miriam, seine Mutter, war nicht die Tochter von Fritz Braun, somit war dieser auch nicht sein Großvater. Und Franz Knapp, sein richtiger Großvater, erlebte die größte Überraschung, die man sich nur vorstellen kann. An seinem siebzigsten Geburtstag erfuhr er, dass er nicht kinderlos war, sondern eine Tochter und einen Enkel hat.

Man kann sagen, es war Gottes Fügung. Denn die übrige Verwandtschaft wollte nur eins von ihm: sein Geld. Das hatte er an seinem Geburtstag schmerzlich erfahren müssen. Er wollte nämlich sein Testament machen und wusste nicht, wem er was vererben sollte.

Er war sehr reich, sein Opa besaß eine Möbelfabrik mit Sitz in Nordhessen, ein altes Bauernhaus, eine große Villa, ein Möbelgeschäft und eine Eigentumswohnung in Hamburg. Und viel Bargeld.

All das ging Marco im Kopf herum, als er auf dem Weg zu seiner Mutter nach Hamburg war. Es war Sommer und da er einen sehr guten Geschäftsführer hatte, konnte er sich acht Wochen Urlaub gönnen. Genug Kleidung hatte er jedenfalls dabei. Er hatte nämlich die Möbelfabrik von seinem Großvater überschrieben bekommen. Dort konnte er seine Tischlerfähigkeiten unter Beweis stellen. Er hatte sein Tischlermeister gemacht und produzierte vor allem Möbel aus Holz.

Seine Mutter war jetzt mit dem Sohn von Opas amerikanischem Geschäftsfreund verheiratet. Dieser hieß John. Mit ihm war sie nach Hamburg gezogen, wohnte in der Knappschen Villa an der Alster und führte das Möbelgeschäft in Hamburg weiter. Ihr Ehemann half ihr dabei. Marco hatte sich nie Gedanken um seinen Erzeuger gemacht, denn auch er kannte seinen richtigen Vater nicht. Für ihn war Fritz Braun seine Vaterfigur und Bezugsperson, und da er deshalb seinen Vater nicht vermisste, dachte er bis heute nicht darüber nach.

Aber nachdem er das mit Franz Knapp erlebt hatte, wollte er jetzt auch wissen, wo seine Wurzeln väterlicherseits waren. Und um das zu erfahren, war er auf dem Weg zu seiner Mutter, die musste ihm Rede und Antwort stehen. Er hatte lange gebraucht, um Zeit zu finden. Denn immer wieder kamen ihm geschäftliche Termine dazwischen.

Seine Traumfrau hatte er leider auch noch nicht gefunden. Die Girls von heute wollten so oft wie möglich ausgehen und feiern, alles Discoladies. Dafür hatte er nur wenig Zeit, die Arbeit fraß ihn fast auf, und auch deshalb gönnte er sich mal acht Wochen Auszeit. All dies ging ihm jetzt noch einmal durch den Kopf. Er war mittlerweile achtundzwanzig Jahre alt und wollte jetzt endlich wissen, wer sein Erzeuger ist. Basta!

Gegen 11 Uhr kam er an der Knappschen Villa an. Es war Samstag und da wusste er, war seine Mutter zu Hause. Er stieg aus seinem neuen BMW aus, die Hitze schlug ihm ins Gesicht, durch die Klimaanlage im Auto hatte er nicht bemerkt, wie heiß es eigentlich draußen war. Er ging zur Villa und klingelte Sturm. Die Haustür ging auf und Berta, die Hauswirtschafterin, trat heraus. Er wurde respektvoll begrüßt. "Guten Morgen, Herr Knapp, kommen Sie nur herein, ich sage Ihrer Mutter Bescheid."

Marco eilte in die Eingangshalle und wartete dort auf seine Mutter.

Die kam soeben die Treppe herunter. "Ach, Marco, mein Junge, wie ich mich freue, dich endlich wieder mal in meine Arme schließen zu dürfen. Du hast dich ja so rargemacht."

'Na, mal sehn, ob sie sich noch so freut, wenn sie weiß, was ich von ihr will', dachte Marco bei sich.

"Sohn, komm her, lass dich umarmen." Seine Mutter drückte ihn fest an sich. "Wie geht es dir? Hast du immer noch so viel Arbeit? Wie geht es unseren Senioren?"

"Das sind so viele Fragen auf einmal. Also: Ja, ich habe immer noch viel Arbeit, mir geht es gut und die Senioren sind verliebt wie am ersten Tag. Du glaubst es nicht, das ist voll krass, die gehen Händchen haltend spazieren, das ist schon langsam peinlich."

"Ach, Marco, ich gönne es ihnen, sie haben schon so viel Zeit verloren, die sie nicht zusammen erleben durften, da holen sie jetzt alles nach. Ich kann sie gut verstehen, denn auch John und ich lieben uns noch wie am ersten Tag und haben viele Gemeinsamkeiten. Aber nun zu dir, was macht die Liebe? Hast du endlich eine Frau gefunden? Weshalb kommst du eigentlich ohne dich anzumelden? Es ist doch hoffentlich nichts passiert, oder? Was hast du auf dem Herzen? Spuck' es aus, was ist los?"

"Mutter, können wir uns nicht erst mal hinsetzen? Und kann ich etwas zu trinken bekommen? Die Fahrt war lang und es ist ziemlich heiß draußen, ich habe Durst."

"Entschuldige, aber ich bin von deinem Besuch noch so überrumpelt, dass ich daran gar nicht gedacht habe. Willst du Kaffee oder Tee oder lieber Wasser? Du kannst auch gern etwas zu essen haben."

"Nein, nein, Mama essen will ich nichts, aber ein kühles Wasser würde ich gerne trinken."

Nachdem er sein Glas Wasser erhalten hatte, kam er endlich mit der Sprache heraus. "Mutter, du hast doch auch erst sehr spät und nur durch Zufall erfahren, wer dein leiblicher Vater ist. Ich wusste schon als kleiner Junge nichts von meinem Erzeuger, über ihn hast du dich immer ausgeschwiegen. Ich habe mir acht Wochen freigenommen, um dies herauszufinden. Hat er eigentlich für mich bezahlt? Hast du noch Kontakt zu ihm und kennst du seine jetzige Adresse?"

"Langsam, nun mal langsam, mein Junge, was willst du denn jetzt auf einmal mit deinem Erzeuger, denn mehr ist er nicht? Er hat mich sitzen lassen, als er erfuhr, dass ich schwanger bin. Er wollte keine Kinder, hat mich angeschrien, wieso ich nicht verhütet hätte, als wenn das alleine meine Angelegenheit gewesen wäre. Er hat mich einfach verlassen, verschwand von heut' auf morgen aus meinem Leben. Ich weiß bis heute nicht, wo er geblieben ist und ob er überhaupt noch lebt."

Miriam, seine Mutter, hatte Tränen in den Augen, als sie an diese schwere Zeit zurückdachte. Alles kam wieder hoch, auch die Wut.

Marco merkte, was mit seiner Mutter geschah, er stand auf und nahm sie in den Arm. "Das tut mir so leid, die Zeit war bestimmt schwer für dich. Eigentlich ist er ja ein Kotzbrocken, aber vielleicht verstehst du, dass ich ihn trotzdem sehen möchte, um mir ein Bild über ihn machen zu können. Ich möchte es ihm von Angesicht zu Angesicht sagen, was ich über ihn denke."

"Ja. Ja, das kann ich ja verstehen, aber glaube mir, es ist besser, wenn du alles so lässt, wie es ist."

"Aber vielleicht habe ich noch Halbgeschwister oder Großeltern, das wäre doch ganz schön."

"Ich sehe schon, du gibst keine Ruhe. Warte einen Moment, ich hole was."

Marco saß auf dem Sofa und war jetzt doch ins Grübeln gekommen. Sollte er wirklich seinen

Vater suchen? Seine Mutter kam mit einer großen Schatulle zurück.

"Hier, Marco, die habe ich genau für den Tag aufgehoben, an dem du mich das fragen würdest. Dieser Tag ist jetzt also gekommen. Da drinnen sind Fotos und Andenken an deinen Erzeuger."

Marco war auf einmal sehr aufgeregt, sein Puls stieg an, er hatte heftiges Herzklopfen und die Hände zitterten, als er die Schatulle öffnete. Das Erste, was er sah, war ein Bild von einem blonden, jungen Mann. Erstaunlicherweise stellte er fest, dass er nicht nur seinem Opa Franz, sondern auch seinem Vater ähnlich sah. Alle beide hatten die gleiche Statur und blonde Haare. Er suchte weiter und fand Briefe an seine Mutter. Außerdem schöne Fotos, auf denen seine Mutter und sein Erzeuger in inniger Umarmung abgebildet waren. Aber irgendeinen Hinweis auf die Adresse seines Vaters hatte er bis jetzt noch nicht gefunden. Er war so aufgewühlt, dass er nicht bemerkt hatte, dass seine Mutter das Zimmer verlassen hatte. Bis auf den Namen Harald, der auf der Rückseite eines Fotos stand, war er genau so schlau wie vorher. Er rief: "Mutter, wo bist du denn?"

Er suchte und fand sie weinend in der Küche. "Oh Gott! Mutter, das wollte ich nicht, ich wusste doch nicht, dass du dich darüber so aufregst." Wieder nahm er sie in den Arm, um sie zu trösten.

"Ist ja gut, mein Junge. Wie schon gesagt, es kommt halt alles wieder hoch. Wie ich damals gelitten habe. Ich war gerade mal neunzehn Jahre alt, als er mich verließ. Ich war verzweifelt, verdiente zwar schon Geld, aber wo sollte ich hin? Ich hatte Angst, es meinen Eltern zu beichten. Die warnten mich gleich am Anfang der Beziehung schon vor diesem Hallodri, wie mein Vater immer sagte. Aber wie es halt immer so ist, wenn man himmelhoch jauchzend verliebt ist, habe auch ich mich nicht beirren lassen und auf den Rat meiner Eltern gepfiffen. Als er mich dann verlassen hatte, habe ich tagelang mit mir gerungen, wann sollte ich es meinen Eltern gestehen, dass ich schwanger bin. Indirekt gab ich damit auch zu, dass sie wieder mal als Eltern recht behalten hatten. Meine Mutter kam mir dann zuvor. Mütter haben ein Gespür für so etwas. Eines Morgens fragte sie mich: Miriam, was ist eigentlich mit dir los? Du siehst blass und traurig aus, übergibst dich morgens und gehst abends nicht mehr aus. Bist du am Ende schwanger, und der Saukerl hat dich sitzen lassen?"

Marcos Mutter hielt mit ihrer Erzählung kurz inne, bevor sie fortfuhr. "Da brach es aus mir heraus. Ich schluchzte und stammelte vor mich hin, ja, ja genau, genau das ist passiert. Ach Mutti, ich bin so unglücklich. Meine Mutter reagierte ganz toll, sie nahm mich in die Arme und wiegte mich wie ein Kind hin und her, bis ich mich wieder gefasst hatte. Langsam ebbte mein Schmerz ab und ich beruhigte mich wieder. Endlich hatte ich mir alles von der Seele geredet. Miriam, du bekommst das Kind, eine Abtreibung kommt doch hoffentlich für dich nicht in Frage oder? Nein, nein, Mutti, ich will ja das Kind, ich würde nie ein Kind abtreiben, da käme ich mir wie eine Mörderin vor. Wir helfen dir, du kannst weiter hier wohnen bleiben und wir richten für den kleinen Wurm noch ein Kinderzimmer ein, Zimmer haben wir zum Glück genug. Aber zuerst müssen wir mit deinem Vater sprechen. Lass uns heute Abend zusammensetzen und beraten, was zu tun ist. Oh je! Vater, der war doch so gegen meine Beziehung mit Harald, der wird sich vielleicht aufregen, am Ende wirft er mich noch aus dem Haus. Ach woher, Miriam, der freut sich bestimmt, wenn er hört, dass er Opa wird. Vor allem bekommt er heute ein vorzügliches Essen von mir serviert, damit er gut gelaunt ist. Du weißt doch: Liebe geht durch den Magen. Da ist er gleich versöhnlicher, wenn er von deinem Unglück hört. So, Miriam, jetzt hör auf zu flennen, hier hast du ein Taschentuch, putz dir die Nase und schau nach vorn. Zuerst musst du mal zum Frauenarzt. Dort war ich schon, der meinte, es sei alles in Ordnung. Na, dann ist das schon mal geklärt. Ja, Marco, abends erzählten wir es meinem Vater, der schimpfte zwar und fragte mich auch, warum ich nicht verhütet hätte, typisch Mann eben. Dazu gehören nun mal immer noch zwei, die Männer machen es sich ziemlich leicht, denn auch sie könnten ja mal daran denken. So, Junge, das ist der Anfang deiner Geschichte und du möchtest sie jetzt wirklich zu Ende bringen?" Zum Glück hatte seine Mutter aufgehört zu weinen und sich wieder gefangen.

"Ja, ich will endlich wissen, wie er ist, mein Erzeuger. Also - hast du eine Adresse oder nicht?"

"Sein Name ist Harald Schmieder und er wohnte damals in Frankfurt am Main und hat in einer Pension an der Rezeption gearbeitet. Ob die Pension seinen Eltern gehörte oder er dort nur angestellt war, weiß ich nicht. Allerdings ob du ihn dort noch antriffst, kann ich dir auch nicht sagen."

"Hat er sich denn nicht mal gemeldet und nachgefragt, ob er einen Sohn oder eine Tochter hat und ob das Kind gesund ist?"

"Nein, das hat ihn nicht interessiert."

"So ein Kotzbrocken, aber egal, ich will ihm gegenübertreten und es ihm ins Gesicht sagen, was ich von ihm halte."

11

Mittlerweile war es Mittag geworden, John kam, gesellte sich zu ihnen und begrüßte Marco herzlich. "Bleib doch noch zum Essen oder sogar bis morgen. Nach dem Essen könnten wir ins Geschäft fahren und du kannst dich mal selbst davon überzeugen, wie deine Möbel aus Massivholz im Geschäft hervorstechen."

In John hatte Marco einen wirklich guten Freund und Geschäftspartner gefunden. Wie besprochen ging es nach dem Essen zum Geschäft. Da er schon einige Zeit nicht mehr dort war, staunte er nicht schlecht über das große Sortiment der Möbel. Alles konnte man dort kaufen. Von einer Kücheneinrichtung über Wohnzimmer, Schlafzimmer, Jugendzimmer bis hin zu Büromöbeln konnte man sich aus verschiedenen Programmen die passenden Möbel aussuchen. Alles Möbel, die in seiner Fabrik hergestellt wurden. Dann stand er vor seiner eigens für ihn eingerichteten Ecke, die seine schönen selbstentworfenen Holzmöbel präsentierte. Er war mächtig stolz auf sich, als er das sah. Auch der schöne Schaukelstuhl, den damals Großvater Franz entworfen und für seinen Opa angefertigt hatte, war noch im Programm.

John meinte: "Junge, deine Möbel sind nach wie vor sehr begehrt, vor allem der Schaukelstuhl, den du mit ins Programm übernommen hast."

Als sie ihren Rundgang beendet hatten, gingen sie noch in die Cafeteria, die mit zum Möbelgeschäft gehörte, und tranken einen Kaffee und aßen Kuchen dazu. Sie unterhielten sich wie gute Freunde und waren guter Dinge, als sie wieder auf dem Rückweg waren. Er blieb über Nacht. Abends saß er noch lange mit seiner Mutter und John zusammen. Sie unterhielten sich wieder über die bucklige Verwandtschaft.

"Bernd, meinem Vetter, geht es wieder gut. Er hat sich gefangen und einen Neuanfang gewagt. Er hat auch privat in den Staaten sein Glück gefunden. Wie man hört, soll er eine reiche Frau gefunden haben und verheiratet sein. Letztes Jahr war er zu Besuch bei meinem Vater, seinem Onkel, und hat sich noch mal bei ihm für sein unerhörtes Benehmen entschuldigt. Seitdem habe ich nichts mehr von ihm gehört. Du etwa, Marco?"

"Nein, Mutter es kam auch keine Post mehr aus Amerika. Ich nehme mal an, dass er seinen Onkel an Weihnachten mit einem Besuch überraschen wird. So, ihr beiden, ich gehe jetzt in die Falle, ich will morgen gleich nach dem Frühstück losfahren."

"Junge, Junge, ich weiß immer noch nicht, ob das alles so gut ist."

"Mama, verstehe mich doch. Du wolltest doch auch deinen richtigen Vater kennen lernen."

"Ja, aber der hat auch meine Mutter nicht schwanger sitzen lassen."

"Siehst du, genau das will ich wissen: Warum hat er das gemacht?"

Am nächsten Tag machte sich Marco wie besprochen nach dem Frühstück auf den Weg. Er hatte die Adresse und den Namen seines Erzeugers in der Tasche. Nachdem er die Adresse in sein Navigationsgerät eingegeben hatte, verabschiedete er sich von seiner Mutter und John. "Tschüss, ich melde mich bei euch und halte euch auf dem Laufenden." Er stieg ein, winkte und fuhr los.

Er hinterließ eine skeptische Mutter. "Wenn das mal gut geht. Hoffentlich wird mein Junge nicht verletzt, seelisch, meine ich. Ach, John, ich habe solche Angst um ihn."

"Miriam, mache dir mal keine Sorgen, dein Sohn ist mittlerweile erwachsen geworden und ist ein ganzer Mann. Er wird schon das Richtige tun, ich verstehe ihn."

"Ach, John - bin ich froh, dass ich dich habe." Sie gingen zurück ins Haus. Die Türe fiel zu.

Marco saß etwas aufgeregt im Auto auf dem Weg zu der Adresse seines Vaters. Er konnte immer noch nicht begreifen, wie man eine Frau, die schwanger ist, im Stich lassen kann. Man muss doch wenigstens Verantwortung übernehmen. Na warte, Vater, zieh' dich warm an. Ich, dein Sohn, komme zu dir. Unterwegs machte er einmal an einer Raststätte Halt, um etwas zu trinken und zu essen. Er nahm sich noch etwas Proviant mit und dann ging die Fahrt weiter. Er schaltete das Autoradio ein und dort lief gerade das passende Lied zu seiner Unternehmung „... dieser Weg wird kein leichter sein, dieser Weg ist steinig und schwer ...". Wie wahr, wie wahr, dachte Marco, das Lied passte perfekt.

In Frankfurt angekommen, musste er bei dem starken Verkehr aufpassen und genau seinem Navi folgen, denn bei den vielen Einbahnstraßen würde er sich sonst bestimmt verfahren. Es dauerte nicht mehr lange und aus dem Gerät tönte die Computerstimme 'Bitte fahren sie nach einhundert Metern rechts ab.' Das war die letzte Richtungsangabe. Zuletzt hieß es

'Sie sind an Ihrem Ziel angelangt.' Er parkte sein Auto und stieg aus.

Er stand vor einer Pension, die sicher auch schon mal bessere Tage gesehen hatte. Aber der Zustand konnte nicht darüber hinwegtäuschen, dass es ein schönes altes Gebäude mit viel Charme war.

Er war jetzt sehr aufgeregt. Was würde ihn erwarten? Er gab sich einen Ruck, trat auf das Tor zu und klingelte. Auf dem Briefkasten stand Herbert Schmieder, also war er schon mal richtig. Es dauerte eine Ewigkeit, bis er schlurfende Schritte hörte, die langsam näher kamen. Die Tür wurde aufgerissen, er fand sich einem mittelgroßen, grauhaarigen, älteren Mann gegenüber. Als er erklären wollte, weshalb er geklingelt hatte, wurde er kurzerhand mit dem Spruch "Ich kaaf nichts, ich gebb nichts, und uffen Enkeldrik fall ich aach nicht noi!", im Dialekt mit Hochdeutsch gemischt, abgefertigt.

Er wollte sich gerade vorstellen, als man ihm die Tür vor der Nase wieder zuschlug. Marco stand erst mal verblüfft vor der geschlossenen Tür. Als er seine Sprache wiedergefunden hatte, rief er laut hinterher: "Hallo! So hören Sie doch erst mal, was ich Ihnen zu sagen habe!" Im Briefkasten war ein Schlitz. Er hob die Lasche hoch und rief: "Hallo! Sind Sie vielleicht der Vater von Harald Schmieder? Wenn ja, hätte ich einiges mit Ihnen zu bereden!" Die schlurfenden Schritte hielten inne. Schließlich kamen sie wieder näher und die Tür wurde erneut geöffnet.

Mit der nächsten Frage hatte Marco nicht gerechnet. "Wos hawwe sie donn mit dem Saukerl zu dun? Ja, das iss moin Ablejscher, leider."

"Herr Schmieder, vielleicht stelle ich mich Ihnen erst mal vor. Mein Name ist Marco Knapp und ich hätte Sie gerne etwas über ihren Sohn gefragt. Ich will Ihnen weder etwas verkaufen noch irgendetwas andrehen. Was halten Sie davon, wenn wir uns in dem gegenüberliegenden Eiscafé treffen? Es ist ziemlich heiß heute und ich lade Sie zu einem Eis oder einem kühlen Getränk ein. Ich gehe schon mal vor."

"Also guud, ich kumme gleich und do will ich emol von Ihne hören, wos der Saukerl von Sohn wirrer oogestellt hot. Sie hawwe mich nämlich neigierisch gemacht."

Marco ging in das Eiscafé und fand ein ruhiges Plätzchen in der Ecke. Sonst waren alle Plätze besetzt. Viele Menschen frönten bei der Hitze ihrem Eisvergnügen. Na, da hatte er Glück, dass er das ruhige Plätzchen noch ergattert hatte. Nach etwa zehn Minuten war es dann so weit, der ältere Herr betrat die Eisdiele. Marco winkte ihn zu sich. Nachdem sie sich dieselbe Eissorte bestellt hatten, machten sie sich noch einmal miteinander bekannt.

"Ja, es iss, wie Sie saache, ich heiße Herbert Schmieder un ja, der Harald is moin Sohn, ewwer wos wollen Sie donn von dem? Außerdem der Name Maggo Knapp kimmt mer bekonnt vor. Saachese emol, wor da net vor drei Jahren im Zusammehong von em Fronz Knapp die Red vonem Enkel, der so hieß wie Sie? Sie misse wisse, ich hab viel Zeit un lese alle Zeidunge, die ich griehje kann. Der hot doch on soim siebzischste Gebortsdaach soi Dochter dorch einen Zufall kenne gelernt. Do war jo e Bild in der Press, des werd ich net vergesse. E Fraa, die vor ihrem Onkel, nämlich dem Fronz Knapp, ausgespuckt hot. Un Sie sind de Enkel von dem besaachte Knapp?"

"Ja, Herr Schmieder, genau der Enkel bin ich, mein Opa Franz Knapp ist aus Oberhessen und diese Story war damals ein gefundenes Fressen für die

Zeitungen. Heute suche ich meinen Vater, den will ich nicht auch noch durch einen dummen Zufall kennen lernen. Drum habe ich mich auf den Weg gemacht." Er zog eine alte Fotografie aus seiner Tasche und hielt sie dem Mann hin. "Ist das Ihr Sohn Harald Schmieder?"

Sein Gegenüber starrte sprachlos das Bild an. "Wo hawwe Sie denn des Foddo her?"

"Das gehört meiner Mutter. Ja, Ihr Sohn ist mein Vater. Dieser Kotzbrocken hat meine Mutter als sie schwanger wurde sitzen lassen."

Der alte Herr war sprachlos und starrte ihn mit offenem Munde an. Plötzlich hellte sich sein Gesicht auf, der nachdenkliche Ausdruck verschwand und er rief laut:"Ja, donn sinn Sie, donn bist du jo moin Enkel!"

"Ja, es sieht so aus, als wenn Sie, du mein Opa wärst."

"Der Dreckskerl", brach es aus dem Mann heraus, "hot aach noch e Fraa geschwängert un iss donn abgehaue, so ein Schlurie."

"Er hat nie nachgefragt, ob er eine Tochter oder einen Sohn hat. Er hat auch nicht nachgefragt, ob es dem Kind gut geht, geschweige denn etwas bezahlt. Aber deswegen bin ich nicht hier. Ich muss wissen, wo ich ihn finden kann und möchte mir den Vollpfosten mal selbst ansehen."

"Mensch, Bub, eischentlich schickt dich de Himmel." Der Mann hatte seine Sprache wiedergefunden. "Waast du, wos der Saukerl gemacht hot? Der will mich beluhrn, iss zum Gericht gegange un will, dass ich üwwerprüft wer, ob ich noch zurechnungsfähisch bin. Der will mich entmündische lassen. Der bedrängt mich schun zwaa Johr, moi Pension zu verkaafe un in e Aldershoim zu gehje. Der brauch moi Geld. Er het en Investor an der Hond, der det moi Pension fer viel Geld kaafe. In sechs Woche kimmt en Seeleklempner vorbei und will gucke, ob ich blöd bin. Nur weil ich emol de Herd aus Versehje ogelosse hob und er en Brand verhinnert hot. Domols hot der mich so zusammegeschisse, dass ich den enausgeschmisse hob un von dem seitdem nix me gehert hob. Noch der Aktion mit em Kadi, brauch der aach nicht mehr uffzudauche."

Marco hatte ihm aufmerksam zugehört und war empört. Wie bitte, also ist das tatsächlich ein Kotzbrocken, der will den eigenen Vater verkaufen?

"Was halten, Entschuldigung, hälst du davon, wenn ich dir in dieser Angelegenheit helfe? Ich habe gute Anwälte an der Hand."

"Bub, des tätst du werklich fer mich mache?"

"Ja, na klar, das ist doch eine Ungerechtigkeit, dieser Schweinerei muss man Einhalt gebieten. Aber unabhängig davon müsste ich noch einen Vaterschaftstest machen lassen. Hast du zufällig einen Kamm oder eine Haarbürste, die mein Erzeuger bei dir vergessen hat?"

"Ach ja, ich hob noch eine Haaberscht von dem im Bad, die gebb ich der. Awwer des iss doch illegal, de Harald muss doch unnerschreiwe und mit oiverstanne soi."

"Das müssen wir irgendwie deichseln, ich will das nur für mich wissen und es nicht gegen ihn verwenden. Das werde ich mit dem Labor klären."

"Doch jetzt loss dich erst emol ogugge. Ja, du hast wie doin Vadder Ehnlichkeit mit moiner Fraa, aach die wor groß un blond. Allerdings hot die mich rumkummondiert, so hat die donn aach moin Sohn erzoche. Egoistisch un kalt. Mensch, wos en Daach, des wer e Ding, wann du werklisch moin Enkel wärst. De Harald hot e reiche Fraa geheiert, die hat donn e Friehgeburt gehabt. Ich bezweifel heit noch, ob des Kind, die Tochder, von moim Sohn iss, recht det dem geschehje, wons e Gugukskind wär. Ich hob die jo nie kenne gelernt un uff dene ihrer Hochzeit waarn moi Fraa un ich aach net eingelade. Der hat soi Eldern unnerschlaache. Des hat moi Fraa aach arg gewurmt, dass sie net uff dem Bub soi Hochzeit war." War der ältere Herr vorher mürrisch, so wirkte er nun lebendig und aufgekratzt. "Also, Bub, ich bin de Herbert, un dich nenne ich erst emol Maggo."

"Gut, Herbert, aber nun würde ich vorschlagen: Lass uns unser gutes Schokoladeneis essen bevor es zerläuft."

"Host recht, des schmeckt ewwer aach guud, ich breicht koi onner Sort."

"Herbert, da haben wir etwas gemeinsam, auch ich esse Schokoladeneis am liebsten." Sie genossen jeder für sich ihr Eis.

Nach dem Genuss meinte Herbert: "Also, Bub, es iss net zu fasse, ich kenne dich jetzt grad emol e Stund und mer redde, als wenn mer uns schun ehwisch kenne täten. Waaste was? Du derfst Herbertsche zu mer saache, moi Freunde saache des all, weil die all viel greeser sinn als ich. Mer treffe uns jeden Somstoch zum Skat bei mir in der Pension."

Inzwischen hatten sie ihr Eis verdrückt und saßen zufrieden, jeder seinen Gedanken nachhängend, am Tisch.

"Herbert, ich sage lieber Herbert zu dir, das finde ich respektvoller, willst du noch etwas trinken oder ein weiteres Eis?"

"Nein, nein, mer langts." Marco rief die Bedienung herbei, bezahlte und gab ihr noch ein anständiges Trinkgeld.

"Maggo, was helsde davon, mit mer in die Pension zu gehje und dir alles von innen oozugucke?"

"Och, da sage ich nicht nein." Gesagt, getan. Sie verließen gemeinsam das Eiscafé und gingen in die gegenüberliegende Pension, die 'Zur Sonne' hieß, man konnte es noch beim genauen Hinsehen lesen. Sein neu gefundener Großvater zeigte ihm nicht ohne Stolz sein Reich. Zu allererst kam er in einen großen Eingangsbereich mit Rezeption. Diese war mit Faxgerät und Computer ausgestattet. Fünfzehn Zimmer inklusive Wohn- und Schlafzimmer von Herbert, eine große Küche, in der ebenfalls alle modernen Geräte vorhanden waren, konnte Marco bestaunen.

"Mensch, Herbert, diese Küche ist ja fast wie in einem guten Hotel. Alles aufs Feinste und sauber, sehr sauber. Hältst du das alles so gut in Schuss?", fragte Marko.

"Ja, ich mache des alles, hab' awwer noch eine Zugehfrau und eine Putzfraa. Die Kisch iss moin Reich, ich soin doch Koch von Beruf. Früher hot meine Fraa on de Rezeption gesesse un im Büro. Ich hob die beste Speisen gekocht un e Bediehnung hadde mer."

"Sag' mal, könntest du mit Unterstützung in der Küche noch für zehn Personen Frühstück, Mittagessen und Abendessen zubereiten?"

"Awwer sicher, das trau ich mer heut immer noch zu."

Marco setzte sein Erkundungsgang fort. Alle Zimmer waren noch gut in Schuss, jedes mit einer Nasszelle ausgestattet. Die meisten der Zimmer lagen im Erdgeschoss, der Rest im ersten Stock. Wenn man die mit neuen Möbeln bestückte, würde das schon ausreichen. Die sanitären Anlagen im Erdgeschoss könnte man so belassen und die in den Zimmern behindertengerecht ausstatten. Außerdem müsste noch ein Treppenlift eingebaut werden, damit, wenn die älteren Herrschaften nicht mehr so gut laufen können, sie auch noch die Treppe hochkommen.

"Sag' mal, Herbert, wie sieht es hier eigentlich mit der Heizung aus?"

"Die iss vor fünf Jahrn erneuert worn. Moi Fraa hot doch vor drei Johr des Zeitliche gesegnet. Un dodevor hadde mer immer noch geöffnet."

"Wann kommt noch mal der Seelenklempner, sagtest du?"

"Ei, Maggo, in sechs Woche schon, warum donn?"

"Ich habe da so eine Idee. Was hältst du davon, aus dieser Pension eine Alters-WG zu machen?"

"Ei, wie meinste dann des jetzt wirrer?"

"Ganz einfach: Du hast doch bestimmt Bekannte, die auch alleinstehend sind und sich einsam fühlen. Wie wäre es, wenn sich jeder ein Zimmer aussucht und hier einzieht? Er müsste dann auch ganz normal Miete zahlen. Aber das käme bestimmt billiger als eine Wohnung, denn oft haben Rentner nicht so viel Geld und müssen mit jedem Cent rechnen."

"Ei, Maggo, des wär jo gut, moi Kumpel saache nämlich immer: Herbertsche, bei dir fühle mer uns wohl, kenne mer net bei dir oiziehje?"

"Na also, da haben wir es doch, wie viele sind es denn?"

"Ei fünf Männer soins."

"Wir könnten den schönen großen Speisesaal neu aufmotzen, ein Spielzimmer, ein Fernsehzimmer und einen Gesellschaftsraum einrichten. Eure Zimmer abgezogen, bleiben immer noch fünf Zimmer übrig. Was hältst du davon? Außerdem hättest du noch Platz für einen Fitnessraum mit Massageliege."

"Ei, Bub, ich bin ja platt, was hast donn du fer Idee. Awwer wer soll donn des alles mache?"

"Ganz einfach: Ich organisiere Firmen, die alles so renovieren, wie du es haben willst. Möbel für die Zimmer bekommst du aus meiner Möbelfabrik. Wir könnten zusammen die Renovierungsarbeiten überwachen und um euch Rentner auch im hohen Alter noch mobil zu halten, würde von Zeit zu Zeit jemand nach euch sehen. Der ist dann auch für euch da, wenn ihr Formulare für Ämter oder Behörden ausfüllen müsst. Sollte jemand bettlägerig werden, stellen wir noch Pflegepersonal ein."

"Mensch, Bub, do breicht ich ja gor net in en Aldersbunker, awwer des kost doch aach viel Geld, wer soll dann des alles bezahle? Ich hob ja aach viel gespart, awwer ob des langt? Des glaab ich net so ganz."

"Herbert, mach' dir mal ums Geld keine Gedanken, ich schieße dir etwas dazu und dann ist das für dich und für mich eine gute Investition in die Zukunft."

"Awwer du weißt doch net, ob mer iwwerhaapt verwandt sind."

"Das ändern wir sofort. Ich rufe jetzt Franz, meinen anderen Großvater, an und frage ihn, wie und wo man so schnell wie möglich einen Vaterschaftstest machen lassen kann. Wenn der sich nicht auskennt, wer dann."

"Des iss eine guut Idee, des machsde."

Innerhalb kürzester Zeit hatte er seinen Opa Franz an der Strippe. Er erklärte ihm seine Situation und der war von der Idee, die er mit der Pension hatte, hell begeistert. Wenn sie von der Kur zurück wären, wollten sie alles in Augenschein nehmen und sich mit Herbert bekannt machen.

"Franz, wenn ich durch dich nicht mit dem hessischen Dialekt vertraut wäre, würde ich meinen eigenen Opa nicht verstehen. Du musst dir vorstellen: Er spricht halb hochdeutsch und halb Dialekt, manchmal muss ich mich zusammenreißen, dass ich nicht laut anfange zu lachen."

"Aber ich verstehe dich jetzt besser, warum du den Dialekt deiner Großmutter so gemocht hast. Also deiner Großmutter sei Dank, dass sie uns das mitgegeben hat." Franz freute sich, dass auch sein Enkel Marco an dem schönen hessischen Dialekt interessiert war und ihn verstand, so lebte doch indirekt die Tradition seiner Großmutter Lina weiter.

Nach diesem Gespräch rief Marco noch seine Mutter an. Die fiel aus allen Wolken, als sie hörte, was dieser saubere Harald, sein Erzeuger, mit seinem Vater Herbert alles vorhatte, und meinte: "Mein lieber Junge, du hast recht, das musst du unbedingt verhindern."

Zuletzt rief er noch seinen Geschäftsführer an, erkundigte sich nach den Geschäften, ob alles gut läuft und was es Neues zu berichten gibt. Er machte ihm klar, dass er noch mindestens zwei Monate Zeit für sich selbst benötigte und die Firma in dieser Zeit ohne ihn auskommen müsse. Sollten allerdings Probleme auftreten, hätte er ihn sofort zu informieren. Außerdem wollte er einmal in der Woche anrufen, um zu hören, was es Neues gab. Das musste für die nächste Zeit genügen. Marco wusste, dass er einen sehr fähigen Geschäftsführer hatte, dem er das zutraute und auf den er sich verlassen kann. Er hatte seine Telefongespräche alle erledigt und wandte sich jetzt wieder seinem neuen Opa zu. "So, Herbert, ich habe jetzt so weit alles geklärt."

"Bub, es iss mittlerweile Nachmiddach, du musst doch Hunger hawwe. Ich mache uns jetzt emol Gereste mit Oxeaache. Waast du, wos des iss?"

"Also Herbert, ich kann dich ja trotz deines Dialektes ganz gut verstehen, aber das musst du mir ins Deutsche übersetzen."

"Ei, des iss gonz oofach: des sinn Bratkartoffeln mit Spiegeleiern. Geh doch emol in en Kuhstall un guck em Ochs ins Aach, des sieht genau aus wie e Spichelei."

"Ach so ist das gemeint, darum Ochsenauge, aber bevor du uns etwas zu Essen machst, bringst du mir bitte mal die Haarbürste von Harald, damit fahre ich in das von Franz angegebene Labor, dort soll es angeblich ziemlich schnell gehen."

"Och, Maggo, hoffentlich sind mer aach verwandt, wos Besseres kennt mer gar nicht passiern."

Der packte die Haarbürste ein und verabschiedete sich mit den Worten: "Also bis in etwa einer Stunde, da werde ich wohl wieder zurück sein."

"Is gud, Maggo, bis nachher."

'Kerle, Kerle', sinnierte Herbert, 'wos ein Daach, des het ich mir net träume losse, dass ich noch en Enkel hob, was e Glieck für mich.'

Marco hatte die von Franz angegebene Adresse des Labors dank seines Navi gleich gefunden. Da er vorher dort angerufen hatte, wusste man Bescheid und er kam sofort dran. Nach langem Hin und Her und einem großen Geldbetrag, getarnt als Spende für das Labor, wurde noch eine Speichelprobe von ihm abgenommen. Man versprach ihm, bis in spätestens zehn Tagen das Ergebnis per Post zu zustellen.

"Wie wäre es denn, wenn ich in acht Tagen wieder vorbeikomme und sie mir das Ergebnis persönlich in die Hand geben?", fragte Marco den Leiter des Labors. Nach einigen Diskussionen, hatte er erreicht, was er wollte. Er konnte in acht Tagen das Ergebnis persönlich abholen. Dann machte er sich auf den Rückweg.

Bei Herbert angekommen, wurde er von weiteren fünf rüstigen Rentnern mit lautem Hallo begrüßt. Nach und nach stellten sie sich mit Namen vor. Der eine hieß Eddie, der andere Gerhard, einen Walther, einen Kurt und einen namens Dieter gab es noch. Zwei waren geschieden, einer noch Junggeselle und zwei verwitwet. Alle waren von seinem Plan mit der WG hellauf begeistert. Alle würden einziehen und natürlich auch Miete zahlen und für Verpflegung und den Lebensunterhalt aufkommen. Wenn jeder einen bestimmten Betrag bezahlte, hätten sie ein bequemes Leben und könnten immer etwas zusammen unternehmen. Vor allem, was vielen Ängsten machte, ist dann keiner mehr alleine und es wäre Hilfe in der Not da.

Um das Finanzielle zu regeln, musste Marco zunächst wissen, was alle zurzeit an Miete bezahlen mussten und was jeder so zum Leben brauchte, also für Essen und Trinken. Sie setzten sich zusammen und er machte eine Aufstellung für seine Buchhaltung. Dort würde er alles berechnen lassen, damit sich das Ganze finanzieren lässt. Außerdem musste sicher gestellt werden, wie es steuerlich aussieht, damit Herbert nicht zum Schluss mit Schulden dastünde. Fast alle mussten um die 600 Euro ohne Umlagen bezahlen, was für einen Rentner ein Batzen Geld ist.

"Also, Maggo, du waast ja, moi Heizung iss neu, es sinn 8.000 Liter Öl in vier Tanks verdeilt un die iss gut oigestellt."

"Das ist es ja, bei dir ist alles so gut in Schuss, es wäre frevelhaft, das alles abzureißen, nur weil irgendein Finanzhai sich daran bereichern will und dein Sohn, Geld braucht. So, die Liste habe ich zusammengestellt und werde jetzt mit dem Finanziellen meine Buchhaltung beauftragen. Ich gebe ihnen die Daten durch und die machen mir eine Aufstellung, was jeder Einzelne jeden Monat bezahlen muss, damit sich das ganze Unternehmen selbst trägt und keiner Nachteile davon hat. Allerdings brauche ich von dir, Herbert, noch Rechnungen über Heizkosten, Licht, Wasser, Steuern und so weiter."

"Bub, des iss kein Problem fer mich, des konn ich alles greife, en Aacheblick, ich holl de Ordner."

Als er zurückkam, staunte Marco. "Mensch, Opa da soll noch einer behaupten, du wärst unzurechnungsfähig. Alles hat bei dir seine Ordnung, wie ich in deiner Küche schon feststellen konnte."

Marco hatte bei dem Rundgang in der Pension ein Faxgerät gesehen und faxte alle Unterlagen an seine Buchhaltung mit dem Vermerk, es als vorrangig zu bearbeiten. Vorweg hatte er schon telefonisch mit Frau Freund, seiner Buchhalterin, alles geklärt. Diese arbeitete schon für Franz Knapp und war eine langjährige Mitarbeiterin. Er rief Handwerksbetriebe an, bestellte sie in die Pension, damit die sich alles ansehen konnten und über den Preis würde man sprechen müssen. In der Zwischenzeit duftete es aus der Küche, Herbert hatte wieder mal ganze Arbeit geleistet, er hatte mithilfe seiner Freunde für jeden eine Portion Gereeste mit Oxeaache gemacht. Sie saßen alle am großen Esstisch im Frühstücksraum und es war mucksmäuschenstill. Jeder hing seinen Gedanken nach.

"Also kochen kannst du, das muss man dir lassen", lobte Marco.

"Ja, Bub, do macht mir so schnell koner was vor." Sie saßen noch länger zusammen und erzählten von früher. Aber alle waren sich einig, dass die WG nur aus Männern bestehen dürfte. Gerhard meldete sich zu Wort: "Ich bin jo net frauenfeindlich, awwer immer, wenn Weiber im Spiel sinn, gibt's Ärger unn des wolle mer jo net."

Alle stimmten ihm zu und waren sich somit einig: Ihre WG würde frauenfreie Zone bleiben.

"Un unner uns gesacht, mer werrn jo aach net jünger, un mit dem Sex klappt des im Alter sowieso net mehr so gut, mer sinn ja froh, dass mer noch Wasser lasse könne", flachste Herbert und die Männer lachten lauthals.

"Un sinn mer emol ganz ehrlich, die alde Knacker, die sich jung Gemies oolache, brauche bestimmt Potenzmittel, um die junge Mädcher bei Laune zu halde. Mer sieht die jo alsemol in de Zeidung mit em junge Mädche obgebildet, die reiche Geldsäck. Also Maggo, nemms net so ernst, des war jetzt e Gespräch unner alte Männer. Du host des ganze Läwwe noch vor dir."

Nach und nach verabschiedeten sich die Freunde von Herbert und dessen Enkel und machten sich auf den Heimweg. "Also bis bald ihr zwaa."

Jetzt waren Marco und Herbert alleine. Herbert stand auf und holte einen Schuhkarton herbei. "Hier, Maggo, do kannst du emol enoigugge, des sinn Bilder von doiner Oma und doim Erzeuger." Viele Kinderfotos von seinem Vater und von seiner Oma in jungen Jahren lagen darin. Auch Herbert war auf einigen Bildern zu sehen. Sein Opa erzählte ihm einiges von dieser Zeit und hatte fast zu jedem Bild eine Geschichte. Es war schon spät, als sie sich endlich zur Ruhe begaben.

Marco verabschiedete sich von Herbert mit den Worten: "Gute Nacht, Opa, mal sehen, wann jetzt die Angebote für unser Vorhaben kommen. Hoffentlich bald, damit wir es in die Tat umsetzen können."

Nur zwei Tage später hatte er fünf Kostenvoranschläge vorliegen. Er entschied sich nicht für die billigste Variante, sonder tendierte zu zwei sehr seriös wirkenden Unternehmen. Klar, dass er vorher schon Erkundigungen über die Betriebe eingeholt hatte. Den beiden, bei denen Preis und Leistung zu stimmen schienen, erteilte er die Aufträge, um alles zu renovieren, was notwendig war. Möbel hatte er bereits über seine Fabrik organisiert. Er stellte die Programme zusammen und auf Abruf sollten sie gebracht werden. Außerdem: Jeder der älteren Herren sollte unbedingt einen Schaukelstuhl bekommen. Dieses Modell hatte sein Opa Franz damals für seinen Großvater Johann entworfen und angefertigt. Am Tage darauf kamen viele Helfer, die Marco organisiert hatte, und räumten die Zimmer aus. Die alten Möbel wurden mit Hilfe eines Lasters in einen Secondhand-Laden für sozial schwache Menschen gebracht. Dort bedankte man sich mehrmals bei Herbert und Marco, denn die Möbel waren zwar aus der Mode, aber noch brauchbar. Herbert und Marco hatten sich Matratzen auf den Boden gelegt, um dort zu schlafen. Es war zwar unbequem, aber es geht vorbei. Es folgten arbeitsreiche Wochen.

Schon nach drei Wochen konnte Marco die Möbel kommen lassen. Alle Zimmer waren neu gestrichen, die sanitären Anlagen einschließlich der Nasszellen in den Zimmern überholt, ausgebessert und behindertengerecht eingerichtet. Praktische, durchscheinende Raffrollos wurden an den Fenstern angebracht, die Elektriker sorgten für angenehmes Licht in den Räumen mit schönen neuen Lampen. In jedem Zimmer gab es einen TV-Anschluss und die Fußböden waren mit Holzlaminat ausgelegt. Die Böden in den Fluren wurden mit Fliesen bestückt. Alle Zimmer waren für neue Möbel bereit.

Herbert kam auf Marco zu und strahlte. "Bub, ich muss dich emol drigge, bin ich froh, dass es dich gibt. Alles iss so schcc geworde."

"Herbert, lasse dich überraschen, morgen kommen die Möbel, mal sehen, wie sie dir gefallen."

Den Vaterschaftstest hatte Marco mit Herzklopfen nach acht Tagen im Labor abgeholt und wie nicht anders zu erwarten war, war Harald Schmieder sein leiblicher Vater. Das würden sie, wenn alles fertig war und die Rentner endlich einziehen konnten, gebührend feiern, das hatten Herbert und Marco sich vorgenommen.

Von Anfang an hatten beide gespürt, dass sie irgendwas verband. Abends hatten sie viel Zeit, sich zu unterhalten. Sein Opa erzählte ihm von seinem Leben, von seiner Oma, die schon verstorben war, und dass er sich immer einen Enkel gewünscht hätte. Sein Sohn hatte zwar eine Tochter, aber die durfte ihn nicht besuchen. In diesen Augenblicken waren sie sich sehr nahe und Marco konnte nicht verstehen, wie man als Sohn so ekelhaft zu so einem so lieben Menschen sein konnte. Herbert blühte richtig auf in dieser Zeit, er hatte neuen Lebensmut bekommen und freute sich auf die Zukunft.

"Kerle, Bub, was hob ich doch e Glick mit dir. Do hat de Harald jo emol was Guudes hinnerlosse. Bald kimmt jo der Seeleklempner, den hätt ich fast vergesse."

33

"Lass' den nur kommen, Herbert, es ist bewiesen, dass ich dein Enkelsohn bin und ich werde ihm sagen, dass ich mich auch weiter um dich kümmern werde. Der Harald kann sich warm anziehen."

Am Tag darauf war es endlich so weit, die Möbel kamen an. Alle Zimmer wurden neu bestückt, jeder bekam ein altersgerecht hohes Bett mit Nachtkonsole, einen Schrank, ein kleines Sofa, eine Kommode und einen Schaukelstuhl. Das Speisezimmer wurde mit hellen Möbeln ausgestattet und sah jetzt sehr einladend aus. In der Mitte prangte ein riesiger Tisch für zehn Personen mit einladend bequemen Stühlen. Die große Terrassentür führte in den kleinen, von Herbert schön angelegten Garten. Die Rasenfläche zierte ein alter Holzkarren, der mit blühenden Hängegeranien bepflanzt war. Das war ein weiteres Highlight der Pension. Dort konnte man auf einer Liege gemütlich ausruhen und sich sonnen. In einer Ecke stand eine mächtige Holzbank mit einem dazu passenden Holztisch, dort konnten sie im Sommer dann ihren Skat klopfen.

Opa Herbert hatte gerade seinen Rundgang beendet und stand jetzt mit offenem Mund davor. "Ei Bub, ei Bub, ich bin jo platt, ach was sinn des jo scheene Möbel, ach, wie iss jo jetzt alles so schee. Danke Bub, dass ich des noch erlebe derf."

"So, Herbert, Opa Franz und Oma Sieglinde haben sich für morgen angesagt, was hältst du davon, wenn wir eine Einweihungsparty machen? Meine Mutter weiß auch schon Bescheid und will sich zwei Tage freinehmen. Übernachtungsmöglichkeiten gibt es ja in deiner Pension. Deine Freunde und zukünftige

Mitbewohner rufst du an und sagst ihnen, dass sie, wenn sie wollen, schon morgen einziehen können. Ihre restlichen Habseligkeiten und ihre Möbel können sie im Dachgeschoss unterbringen. Da hast du noch zwei große leer stehende Räume. Die Finanzierung steht dank meiner Buchhaltung. Jeder deiner neuen Mitbewohner muss 650 Euro warm inklusive Essen und Trinken bezahlen."

Herbert machte sich sofort daran, alle zu benachrichtigen und als sie hörten, was sie ihr neues Heim kosten würde, waren alle begeistert.

Herbert und Marco machten sich auf den Weg zum nächsten Supermarkt und kauften für die Fete ein. Als sie an einem Feinkostladen vorbeikamen, spendierte Marco noch weitere Köstlichkeiten für die Einweihungsparty.

Nachmittags kam seine Mutter an. Marco stellte ihr seinen Großvater Herbert vor. Der staunte nicht schlecht, als er die hübsche Frau sah, und stellte fest: "Was iss moin Bub so bleed, dass der Sie im Stich gelassen hot."

25.05.20M

Miriam sah ihren Sohn an und fragte: Was hat Herr Schmieder eben gesagt?"

"Ach, Mutter, stimmt, du kannst keinen Dialekt. Dein Schwiegervater in spe hat nur gemeint, dass sein Sohn schön blöd war, dich schöne Frau im Stich zu lassen."

Miriam bedankte sich bei Herbert. "Danke für das Kompliment, Herr Schmieder."

"Gern geschehje, scheene Fraa."

Seine Mutter suchte sich für die Nacht eins der Gästezimmer aus und bezog sich selbst das Bett, denn auch für neue Bettwäsche war gesorgt worden, die saß schon in jedem Schrank. Als dann noch Franz und Sieglinde am nächsten Tag ankamen, war Marco vollauf zufrieden, jetzt konnte die Fete beginnen.

Herberts Mitbewohner waren morgens schon vor Ort und richteten sich ein.

Jeder bekam ein Zimmer und verteilte sein Hab und Gut in den Schrank oder in die Kommode, und der mitgebrachte Fernseher wurde dann noch auf die Kommode gestellt. Durch Fotografien oder andere Mitbringsel gab jeder seinem Zimmer seine persönliche Note. Die restlichen Sachen wurden wie besprochen von einem großen Laster bei den Herren eingesammelt und im Dachgeschoss eingelagert. Die Zugehfrau und die Putzfrau waren eine große Hilfe. Am Nachmittag waren alle Betten bezogen, auch die übrigen Gästezimmer waren bereit.

Als alles so weit fertig gestellt war, versammelten sie sich im großen Eingangsbereich und der Rundgang konnte beginnen. Franz und Sieglinde waren begeistert von dem, was sie sahen. "Also Franz, wenn wir mal in Frankfurt übernachten müssen, wissen wir, wo wir uns einmieten."

Alle waren erstaunt, was in den vier Wochen alles von den zwei Firmen gemacht worden war, sie hatten gute Arbeit geleistet, deshalb hatte Marco, nachdem er alles überprüft hatte, die Rechnungen sofort bezahlt. Es war ein sehr großer Betrag, aber der war es ihm wert. Er konnte es sich leisten. Herbert wollte unbedingt auch einen Betrag beisteuern. Marco machte ihm den Vorschlag, die Feier zu bezahlen. Herbert konnte es nicht fassen. "Awwer Bub, das hot doch alles viel Geld gekost, des konn ich doch net ohnemme."

"Bin ich dein Enkel oder nicht?"

"Ei ja, schun, awwer ..."

"Nichts aber, da du so einen ekelhaften Sohn hast, wollte ich als Enkel wieder etwas gut machen. Kannst du das verstehen?"

"Iss jo gud, Bub, also noch emol vielen Dank."

"Ist schon gut, Opa." Endlich hatte Marco das geklärt.

Herbert und seine Freunde hatten schon alles für den Abend vorbereitet, Opa Herbert hatte seinen guten Kartoffelsalat zubereitet zu dem es natürlich Frankfurter Würstchen gab. Für das Dessert hatte Marco gesorgt. Auch einige Flaschen Wein hatte er in dem Feinkostladen gekauft. Das große Speisezimmer wurde mit Leben erfüllt. Opa Herbert blühte richtig auf und frohlockte: "Endlich iss emol wirrer Läwwe in der Pension."

Miriam, seine Mutter, nahm ihn zur Seite. "Marco, zum Glück hast du dich von deinem Vorhaben von mir nicht abhalten lassen. Du hast einen zweiten Opa dazu gewonnen und den hast du richtig glücklich gemacht. Ich bin so stolz auf dich, was du in den vier Wochen alles geleistet hast. Hut ab, mein Sohn."

"Danke für dein Lob, Mama."

Auch Franz war des Lobes voll so einen tollen Enkelsohn zu haben.

Ein Problem bestand noch für Herbert: In zwei Wochen kommt der Gutachter vorbei, um ihn zu überprüfen. Wie soll er sich da verhalten, um nichts verkehrt zu machen? Darüber unterhielt er sich leise mit seiner Mutter.

Franz hatte zufällig mitgehört und schaltete sich ein: "Ich werde mal Alexander fragen, wie man da vorgeht und man sich dagegen wehren kann. Es dürfte kein Problem sein, denn Opa Herbert ist noch nicht alt und fit. Schlimmstenfalls bestellen wir selbst einen Gutachter, auch wenn das Geld kostet, und schicken das Ergebnis zum Amtsgericht, das dürfte ausreichen."

"Ach, Opa Franz, was würde ich nur ohne dich machen, du hast mir schon so viel geholfen."

"Ist schon gut, Marco, ich habe schließlich nur einen Enkelsohn. Weißt du, wenn es um Ungerechtigkeit geht, helfe ich immer gerne. Denke doch nur mal an meine Verwandtschaft, wie die sich an meinem siebzigsten Geburtstag benommen haben. Ich bin meinem Herrgott noch heute jeden Tag dankbar, dass es Sieglinde, dich und deine Mutter in meinem Leben gibt."

Die Feier war in vollem Gange, es wurde viel gelacht und Geschichten von früher erzählt. Marco lernte Herbert immer besser kennen, jetzt wusste er auch etwas über seine Schulnoten und seine Lehrer. Von seiner verstorbenen Großmutter wurde nicht viel geredet. Harald wurde mit keinem Wort von Herbert erwähnt.

Später sangen die alten Herrschaften noch Lieder der sechziger Jahre, die waren für Marco voll krass, wie er sich immer ausdrückte. Mittlerweile war es ein Uhr nachts und langsam wurden alle müde und wollten in ihr Bett. Marco und seine Mutter räumten noch den Tisch ab und stellten das schmutzige Geschirr in die Spülmaschine. Die Flaschen wurden zusammengeräumt und der Esszimmertisch sauber abgewischt.

So, Mutter, geschafft."

"Marco, ich wünsche dir eine gute Nacht."

"Danke, dass du hier bist, Mama. Der Abend war ein voller Erfolg."

Morgens war zum Erstaunen aller Herbert der Erste, der um 7 Uhr schon in der Küche stand und für alle das Frühstück vorbereitete.

Er sang fröhlich vor sich hin dabei. Er war in seinem Element, endlich war er wieder zu etwas nutze und wurde gebraucht, das war ein schönes Gefühl. Und all das verdankte er auch noch indirekt seinem Sohn Harald, was ihm eigentlich nicht so recht passte.

Der Esszimmertisch war mit Köstlichkeiten gedeckt. Eine Glasschüssel mit gekochten Eiern, eine große Kanne mit Kaffee, eine Kanne mit schwarzem Tee und verschiedene Säfte standen auf dem Tisch. Herbert hatte schon Brötchen im Backofen fertig gebacken. Es war wie in alten Zeiten, als sie die Pension noch geöffnet hatten. Wurst, Schinken, Joghurt, Marmelade, Milch für den Kaffee, Butter und Käse rundeten den Frühstückstisch ab.

Als wenn die Freunde das Frühstück gerochen hätten, kamen sie nach und nach aus ihren Zimmern. Alle beteuerten Herbert beim nächsten Mal zur Hand zu gehen, denn er sollte nicht alleine in der Küche stehen und die Arbeit bewältigen. Sie waren jetzt eine Gemeinschaft und da hatte jeder etwas zu tun. Sie waren nicht mehr zu Besuch bei ihrem Freund, sondern Mitbewohner, dementsprechend wollten sie auch Aufgaben übernehmen, damit keiner zu viel arbeiten musste.

Auch Franz und Sieglinde kamen zum Frühstück. Franz hatte bei dieser Gelegenheit den Treppenlift ausprobiert, denn Treppen laufen strengte ihn doch schon sehr an. Er lobte Marco mit den Worten: "So ein Lift ist doch sehr praktisch, das hat Marco gut gemacht, dass er daran gedacht hatte. Herbert, ich komme mir vor wie im Urlaub!"

Alle waren jetzt per du, sie hatten bei der Feier Brüderschaft getrunken. "Was hältst du davon, wenn Sieglinde und ich noch so lange bei dir bleiben, bis der Seelenklempner bei dir war? Da kann Marco inzwischen zu seinem Erzeuger reisen und den unter die Lupe nehmen."

"Mensch, Fronz, des wer jo guud."

Marco, der gerade dazu kam, stimmte zu: "Das ist eine gute Idee von dir, Opa Franz, da könnte ich morgen schon weiter fahren. Ich komme aber auf dem Rückweg noch einmal vorbei und sehe nach Herbert."

Marco hatte die Adresse von seinem leiblichen Vater von Herbert bekommen und musste feststellen, dass dieser Ort weit hinter München lag. Deswegen würde er zunächst 'München' in sein Navigationsgerät eingeben und sich dort ein Hotel zum Essen suchen. Gegen 9 Uhr war es so weit, er verabschiedete sich von allen, seine Mutter nahm ihn noch einmal in den Arm und ermunterte ihn: "Junge, lass' dich nicht unterkriegen und komme wieder gut zurück. Ich hoffe für dich, dass du wenigstens eine nette Halbschwester vorfindest, mit der du dich anfreunden kannst."

"Mach' dir mal keine Sorgen, Mutter, vor allem werde ich dem Vollpfosten von Vater mal die

Meinung geigen. Tschüss!" Er stieg in seinen BMW ein und winkte allen noch einmal zu, ehe er losfuhr. Innerlich war er doch ziemlich erregt, was würde ihn dort erwarten in dem Landhotel, in das sein Vater eingeheiratet hatte? Er schaltete das Autoradio ein und wieder kam dieser Titel „ ...dieser Weg wird kein leichter sein, dieser Weg ist steinig und schwer". Nicht zu fassen! War das ein Fingerzeig des Schicksals, dass immer wieder dieses Lied erklang, wenn er auf der Suche nach seinen Wurzeln unterwegs war? Besser, er dachte gar nicht nach und konzentrierte sich auf die Straße. Auf der Fahrt nach München kam er gut voran, oft wurden im Radio Staumeldungen verkündet oder Unfälle, die wieder auf irgendwelchen Autobahnen passiert waren. Zum Glück gab es auf seiner Strecke keine Staumeldung und er kam gut durch. Gegen 14 Uhr kam er an seinem Etappenziel an und suchte sich ein kleines solides Hotel, um zu speisen und etwas zu trinken. Nach einiger Suche wurde er fündig, fuhr auf den hoteleigenen Parkplatz, stellt sein Auto ab und ging Richtung Hoteleingang. Dort studierte er die Speisekarte, die in einem Schaukasten hing. Als er all die Leckereien las, bekam er richtig Hunger. Das Hotel bot durchgehend warme Küche an, sodass er sich in Ruhe etwas aussuchen und sich Zeit lassen konnte. Nach dem Essen wollte er dann die letzte Etappe seiner Reise antreten. Er öffnete die Tür und ging hinein. Er wurde höflich begrüßt und gefragt, ob er ein Zimmer möchte.

"Guten Tag, ich möchte eigentlich in ihrem Hotel nur etwas essen, zeigen Sie mir doch bitte die Gaststube."

Er musste einige Stufen nach oben gehen. Dort wurde eine große Glastür geöffnet und er stand in dem alpenländisch ausgestatteten Gastraum. Wunderbar gemütlich, ein angenehmes Ambiente.

"Bitte sehr, mein Herr, hier in der Ecke hätten wir ein gemütliches Plätzchen für Sie."

"Vielen Dank!"

"Ich bringe Ihnen gleich die Speisekarte, darf ich Ihnen schon etwas zu trinken bringen?"

"Ach ja, das wäre gut, ich hätte gerne ein großes Wasser."

"Sofort, mein Herr." Nach kurzer Zeit kam der Ober zurück und brachte das Wasser und die Speisekarte. Marco hatte sich in der Zwischenzeit etwas umgesehen und die wenigen, jetzt noch anwesenden Leute beobachtet.

Er war gerade dabei, die Speisekarte zu studieren, als ein Paar das Hotelrestaurant betrat. Marco schaute hoch und ihm wurde flau im Magen, er war geschockt. Der Mann hätte sein Spiegelbild sein können. Gut, er war schon etwas älter, sollte er durch Zufall auf seinen Erzeuger gestoßen sein? Nein, das konnte nicht sein, das bildete er sich nur ein. Seine Hände zitterten. Außerdem hatte er eine junge Frau dabei, dass konnte nicht seine Frau sein. Vielleicht seine Tochter? Sie war rassig und schön, lange schwarze Haare, gute Figur, wirkte aber etwas hochnäsig.

Die beiden setzten sich in eine andere freie Nische und Marco saß mit dem Rücken zu ihnen. Er saß so nah, dass er das Gespräch des Paares gut verstehen konnte. So hörte er, wie die Schöne fragte: "Harald, wann lässt du dich endlich scheiden? Weiß deine Frau denn immer noch nichts von uns?"

"Aber Renate, du weißt doch, dass ich erst das Ergebnis von dem Gutachten abwarten muss. Ich will doch meinen Alten entmündigen lassen, der hätte beinahe die Pension abgefackelt, wenn ich nicht dazu gekommen wäre. Ich habe dir doch erzählt, dass er den Herd angelassen hat, mit einer Bratpfanne darauf. Wenn das Gutachten da ist, wird die Pension verkauft und mein Vater in einem billigen Altersheim untergebracht."

Marco musste das alles mit anhören. So viele Zufälle konnte es nicht geben, das musste sein Erzeuger sein, ihm lief es eiskalt den Rücken herunter, wie konnte man nur so über seinen Vater sprechen. Der arme Herbert! Das Gespräch ging weiter, also hieß es wieder zuhören, damit er nichts verpasste. In der Zwischenzeit hatte er sich etwas zu essen bestellt und wartete darauf.

"Wenn das klappt, Harald, haben wir ausgesorgt, dann haben wir genug Knete."

"Ja, Renate, dann können wir uns endlich nach Spanien absetzen, dort habe ich schon eine Finca gekauft. Zum Glück hat der Vater meiner Frau vor seinem Tod erkannt, dass meine Frau von der Führung eines Hotels keine Ahnung hat und mich als Geschäftsführer eingesetzt. So konnte ich unbemerkt viel Geld auf ein Extrakonto einzahlen, ohne dass meine Alte etwas davon gemerkt hat."

Er lachte jetzt hämisch in sich hinein und diese Renate fiel kichernd ein. Sie küssten sich. Diese Gelegenheit ließ sich Marco nicht entgehen, er zückte sein Handy und macht just in diesem Moment ein Foto von diesem sauberen Paar. Ein schönes Foto, das würde er als Beweismaterial aufheben, man konnte nie wissen, für was das noch gut war.

Dieser Vollpfosten fing wieder zu reden an. Er zog jetzt über seine Frau und die Tochter her. "Meine Alte und die dusselige Tochter gehen mir tierisch auf den Geist. Ich würd' auch lieber heut' als morgen nach Spanien abhauen, aber zuerst will ich das Geld von meinem kauzigen Alten, dann wird nur noch gelebt. Ach Renate, ist das Leben nicht schön?"

"Ach, du hast ja recht!", flötete die rassige Schönheit.

"Meine Tochter ist ja auch zu doof, um ein Hotel zu führen, die hat einen unmöglichen Beruf gewählt. Muss die denn unbedingt den alten Knackern und alten Weibern den Arsch abputzen?" Er redete sich immer weiter in Rage.

Diese Renate versuchte ihn zu beruhigen. "Reg' dich doch nicht auf, Liebling, sie ist aber auch schön blöd. Wie kann man nur Altenpflegerin werden?"

"Ach, Renate, meine Frau und Leonie sind für mich eine große Enttäuschung. Na ja, die Kathie, meine Frau habe ich nur wegen des Geldes geheiratet, aber ich hatte gehofft, dass meine Tochter so wird wie ich, aber mit der verstehe ich mich überhaupt nicht. Darum, mich hält hier nichts mehr, ab nach Spanien mit dir, meine Schöne."

Marco hatte genug gehört, inzwischen kam sein Essen, fast hätte es ihm den Appetit verdorben, was er da gehört hatte. Er zwang sich, einige Bissen von dem wirklich guten Essen hinunter zu schlucken. Als er fertig war, suchte er die Herrentoilette auf. Dort angekommen benetzte er sich das Gesicht mit kaltem Wasser und ließ noch welches über seine

Unterarme laufen. Dann ging er zurück in die Gaststube, immer darauf bedacht, dass das Paar ihn nicht bemerkte. Aber seine Sorge war unbegründet, sie steckten die Köpfe zusammen und waren nur mit sich beschäftigt. So konnte Marco ungeniert beide intensiver betrachten. Als er jetzt die Gesichtszüge der Frau näher in Augenschein nahm, sah er die gierigen, kalten Blicke dieser Frau, wenn sie sich von diesem Trottel nicht beobachtet fühlte. Er könnte wetten, dass diese Renate es nur auf das Geld von Harald abgesehen hat.

Marco würde es diesem miesen Charakter gönnen, der hatte es nicht anders verdient. Er hatte jedenfalls genug gehört, um einen Eindruck von seinem Vater zu bekommen. Wie er schon vorher gedacht hatte, war er wirklich ein Ekel, ein Vollpfosten, ein Kotzbrocken - und so was war sein Vater. Auf den konnte er verzichten. Er war jetzt auf seine Halbschwester gespannt, der würde er helfen, das war klar. Seine Informationen, die er jetzt hatte, würde er gegen seinen Vater ausspielen. Er würde den beiden

Frauen Leonie und Kathi die Augen öffnen und ihnen seine Hilfe anbieten. Denn wenn seine Halbschwester Leonie, so hieß sie wohl, den Beruf der Altenpflegerin gewählt hatte, konnte sie kein schlechter Mensch sein.

Auf zu neuen Taten! Er wartete noch, bis das Paar das Hotel verlassen hatte, dann bezahlte er und ging zurück zu seinem Auto. Da es sehr heiß war und es in der Sonne stand, öffnete er alle Türen, um Luft hereinzulassen. Nach etwa fünf Minuten stieg er ein und verharrte noch einen Moment, um das Gehörte zu verarbeiten. Das muss man sich mal überlegen, sein Vater war kriminell, denn er hatte Gelder des Landhotels als dessen Geschäftsführer unterschlagen. Außerdem wäre es ihm egal, ob sein eigener Vater, der arme Herbert, im Alter gut versorgt ist oder nicht. Hauptsache, das Altersheim in das er ihn stecken wollte, war billig. Von Leonie und seiner Frau gar nicht zu reden. Was er denen antat, dieser Ehebrecher. Die mussten aufpassen, dass er das Hotel nicht noch in den Ruin trieb, denn auch das wäre ihm sicher egal. Seine Kohle würde stimmen und er könnte in Spanien den reichen Macker machen. In Marco kam richtig Wut hoch. Wenn er weiter dachte, interessierte diesen Vollpfosten bestimmt auch nicht, dass er noch einen Sohn hat. Den als Vater konnte er wirklich abhaken, seine Mutter hatte wieder mal Recht. Sie hatte ihn vorgewarnt. Ein Glück, dass er das jetzt schon herausgefunden hatte. Wer weiß, wie dieser Harald sich im Landhotel ihm gegenüber benimmt, wenn er erfährt, dass er sein Sohn ist. Wenn er dann noch seinen Namen Marco Knapp sagt, denn Möbel-Knapp war in

50

ganz Deutschland bekannt, weiß er bestimmt, dass er einen reichen Geschäftsmann als Sohn hat. Und da dieser Kotzbrocken geldgeil ist, würde er ihm bestimmt um den Bart gehen und ihn sofort als Sohn annehmen. Er würde den lieben Vater spielen und so tun, als wenn er sich freut, und vor allem jede Menge Entschuldigungen anbringen. Aber Marco konnte er jetzt nichts mehr vormachen, er würde ihm das Handwerk legen und würde sich dafür einen Plan ausdenken. Es war eigentlich sehr traurig, da hatte er seinen Vater gefunden und würde nun am liebsten heimreisen und ihn nicht mehr sehen. So ein Arschloch! Na ja, vielleicht konnte er wenigstens seiner Halbschwester helfen. Da fällt ihm ein, dass Herbert gleich am Anfang so eine Bemerkung gemacht hatte, als wenn er daran zweifeln würde, dass Leonie überhaupt die Tochter seines Sohnes war. Er würde es herausfinden. Jetzt hieß es erst einmal zur angegebenen Adresse, dem Landhotel am Berg, zu fahren. Er startete den Wagen, fuhr los und kehrte der schönen Stadt München den Rücken.

Er fuhr jetzt auf keiner Autobahn mehr, sondern auf einer Landstraße, da kam er nur langsam voran und konnte sich auch mal die Landschaft etwas näher betrachten. Er kam an schönen saftigen Wiesen mit Kühen und Pferden vorbei, schaute auf einen großen Bergsee und auf Wälder. Und über alledem ragten die Berge hervor. Es wurde jetzt immer steiler und die Straße auch immer enger.

Zur gleichen Zeit saß Lisa Niedermeyer ratlos in ihrem Auto. Sie hatte doch tatsächlich vergessen zu tanken und jetzt blieb der Motor nach 2 km stehen. In der Eile hatte sie nicht mehr daran gedacht, denn sie wollte so schnell wie möglich zu ihrer Tante Kathie und der Cousine Leonie. Die beiden hatten sie dringend um Hilfe gebeten. Es ging wieder mal um den scheinheiligen Harald. Scheinheilig deshalb, weil er angeblich so fromm und immer darauf bedacht ist, dass die ganze Familie sonntags in die Kirche geht. Dabei hatte er es faustdick hinter den Ohren. Sie sollten nach außen hin wie eine harmonische Familie wirken. Immer Friede, Freude, Eierkuchen. Ha, ha, dass ich nicht lache. Sie würde ihrer Cousine und der Tante jetzt endlich reinen Wein einschenken. Über diesen sauberen Ehebrecher. Sie hatte ihn nämlich letzten Monat mit einer viel jüngeren Frau Händchen haltend in München gesehen. Zum Glück hatte er sie nicht bemerkt, sie duckte sich schnell hinter einen Busch. Dieser angebliche Saubermann hatte zwei Gesichter, das stand für sie fest. Sie konnte diesen Kerl schon immer nicht leiden, jetzt wusste sie endlich warum. Er betrog seine Frau, die er immer nur herumkommandierte, mach mal dies, mach mal jenes, beeile dich gefälligst und so weiter. Und wie der erst mit seiner Tochter Leonie umsprang, die war mittlerweile so eingeschüchtert, dass sie lieber Überstunden im Altersheim machte, um ihrem Vater ja nicht unter die Augen zu treten. Harald machte nämlich immer seine blöden Bemerkungen, wenn sie todmüde von ihrem wirklich nicht leichten Dienst zurückkam. Leonie hatte sich erst kürzlich wieder bei ihr ausgeheult. Lisa hatte ihr geraten, sich eine eigene Wohnung zu nehmen, was Leonie wegen ihrer Mutter nicht wollte. All das wurmte Lisa sehr. Es half alles nichts, wenn sie hier saß und grübelte, der Wagen sprang trotzdem nicht an. Sie musste handeln, das hieß aussteigen und auf das nächste Auto warten, um sich helfen zu lassen. Sie stieg aus und betete innerlich, dass in dem nächsten vorbeikommenden Auto eine Frau saß. Denn den Spruch 'typisch Frau' konnte sie sich sparen. Der wäre nämlich fällig, wenn ein Mann anhält und erfährt, dass sie keinen Sprit mehr hatte.

Um die Ecke bog ein dunkelblauer BMW. Oh nein! Im Näherkommen sah sie, dass ein Mann darin saß. Es wäre auch zu schön gewesen, ihr blieb aber auch nichts erspart. Der Mann fuhr an die Seite, er hatte sie also gesehen. Sie hatte die Warnblinkanlage an ihrem Auto eingeschaltet, das war ja Vorschrift. Die Autotür ging auf und dann steigt auch noch so ein Edelfuzzi in Markenklamotten aus. Das hatte ihr gerade noch gefehlt. Er drehte sich um und holte etwas aus dem Auto. Jetzt sah sie seinen Knackarsch. WOW, den würde sie aber auch nicht von der Bettkante stoßen. Er kam langsam näher und Lisa sah sich einem gut aussehenden, großen, blonden Mann gegenüber.

"Hallo, kann ich dir helfen?", fragte er.

Na, der hatte ihr gerade noch gefehlt. Kampfeslustig reckte sie ihr Kinn nach vorne und sagte in provozierendem Ton: "Ja, das kannst du. Ich habe keinen Sprit mehr."

Der Mann schmunzelte, das genügte. Lisa platzte der Kragen. "Na los! Sag' schon den Satz 'Typisch Frau!'"

"He, langsam, sei doch nicht gleich so kratzbürstig. Willst du, dass ich dir helfe oder nicht?"

"Ja, das will ich", erwiderte Lisa kleinlaut. Dieser Prachtkerl von einem Mann stand ihr jetzt Auge in Auge gegenüber. Er hatte blaue Augen, ihr wurde ganz flau im Magen.

"Hör' mal", lächelte der, "auch ich habe in der Eile schon mal vergessen zu tanken."

"Das gibt es nicht!", Lisa lachte laut.

"Was soll denn das jetzt?", fragte Marco. Er war es nämlich, der auf dem Weg ins Landhotel war, "lachst du mich jetzt etwa aus?"

"Nein, natürlich nicht, ich hätte nur nicht gedacht, dass ein Mann zugibt, wenn ihm das passiert."

Marco betrachtete sich das Auto und meinte: "Also Fakt ist: Das Auto steht und ohne Benzin kriegen wir es nicht mehr zum Fahren. Wo willst du denn hin?"

Lisa gab die Adresse vom Landhotel am Berg ihrer Tante an.

"Das ist aber ein Zufall, auch ich will dorthin. Ich möchte dort Urlaub machen und habe die Adresse von einem Bekannten. Aber nun möchte ich mich dir erst einmal vorstellen. Mein Name ist Marco Knapp und ich komme aus Nordhessen."

"Ich bin Lisa Niedermeyer, aber Lisa genügt."

"Und du kannst mich Marco nennen, somit wären die Förmlichkeiten geklärt." Marco bekam Herzklopfen, diese Frau reizte ihn einfach. Sie war keck, sah toll aus und sein erster Gedanke, als er sie am Straßenrand stehen sah, war 'Mann, was für eine scharfe Braut.' Schwarze halblange Locken umrahmten ein feines, zartes, ovales Gesicht, dazu der Minirock und das eng anliegende Top. Donnerwetter, da konnte man schon mal schwach werden.

Lisa wurde verlegen, komisch, das war ihr noch nie passiert. Sonst wies sie die Männer immer in ihre Schranken und ließ sich nichts von ihnen gefallen. Zum ersten Mal fehlten ihr die Worte, das wollte bei ihr etwas heißen. Sie starrte ihn an und Marco fragte: "Gefällt dir, was du siehst?" Sie wurde rot. „Bilde dir nur nichts ein, aber du erinnerst mich an jemanden. Irgendwie kommst du mir bekannt vor."

"Das ist aber mal 'ne originelle Anmache", lachte Marco ihr ins Gesicht.

"Paperlapp!", tat Lisa schnoddrig ab. "Sag mir lieber, wie du mir mit meinem Auto helfen willst."

"Ganz einfach, entweder du steigst zu mir ins Auto und wir fahren zusammen weiter, denn wir haben das gleiche Ziel, oder wir fahren zur nächsten Tankstelle und holen Sprit. Dann fahren wir zurück, schütten es in deinen Tank und du kannst dein Auto wieder flott machen. Die Frage ist nur: Gibt es denn hier in der Gegend eine Tankstelle?"

"Ja, etwa zwei Kilometer weiter ist an der nächsten Ortseinfahrt eine Tanke."

"Na also, dann lass uns dorthin fahren."

Lisa schloss ihr Auto ab und setzte sich mit ihren langen Beinen auf den Beifahrersitz. Ausgerechnet heute hatte sie einen Minirock und ein knappes Top, das ihre Figur betonte, an. Um Gotteswillen, sie musste auf diesen Prachtkerl von einem Mann wie eine Bordsteinschwalbe wirken. Dabei war sie so solide und hatte bisher mit Männern noch nicht viel am Hut. Die wollten nur saufen, Weiber abschleppen und sie gleich beim ersten Date ins Bett kriegen. Darauf konnte sie verzichten.

Marco beobachtete Lisa amüsiert, wie sie bemüht war, ihren Minirock zurechtzuziehen. Dieser wurde aber zum Glück dadurch nicht länger. Er hatte einen Ausblick auf schöne, braun gebrannte, lange, schlanke Beine. Dabei wurde ihm auf einmal ganz heiß. Mann, jetzt reiß dich aber mal zusammen, das war ihm noch nie passiert. Diese Lisa war die reinste Versuchung. Er musste sie unbedingt näher kennen lernen und durfte nicht vergessen, sich ihre Handynummer geben zu lassen. "Sag mal, Lisa, was willst du eigentlich in dem Hotel? Auch Urlaub machen?"

"Nein, ich folge einem Hilfeschrei meiner Tante Kathi und meiner Cousine Leonie. Die benötigen meine Hilfe gegen ihren Haustyrannen, meinen Onkel Harald."

"Haustyrannen?", hakte Marco nach.

"Der falsche Hund tyrannisiert Frau und Tochter und nach außen miemt er den guten Vater und Ehemann."

"Ist er der Inhaber vom Landhotel am Berg?"

"Nein, der und der Inhaber", Lisa lachte auf. "Das ist gerade das Gemeine, der ist nämlich nur Geschäftsführer, benimmt sich aber, als wenn es seines wäre. Die Tante Kathi, das ist die Schwester meiner Mutter, hat das Hotel von meinem Opa geerbt und ist somit die Inhaberin. Meine Mutter hat dafür den Bauernhof von der Seite meiner Großmutter bekommen. Der liegt etwa fünf Kilometer von dort entfernt. Tante Kathi und Leonie lassen sich von dem Kerl alles gefallen, die mucken nicht mal auf. Er kommandiert seine Frau herum, sie hat die meiste Arbeit und er kassiert ab. Seine Tochter zieht er jedes Mal, wenn sie müde von der Arbeit kommt, sie ist Altenpflegerin, mit dieser Wahl des Berufes auf. Darum war ich auch so erstaunt, als mich meine Cousine heute anrief und dringend um Beistand gebeten hat. Sie hat mir erzählt, dass meine Tante jetzt endlich mal die Konten heimlich überprüfen hat lassen. Stell' dir vor: Eine halbe Million Euro fehlen. Das muss man sich mal überlegen, sie hat ihm die ganzen Geschäfte anvertraut und dieser Dreckskerl hat das Geld veruntreut. Ich möchte nur wissen, wo er das hingeschafft hat. Aber warum erzähle ich dir das überhaupt, ich kenne dich eigentlich gar nicht."

"Vielleicht aus Sympathie, oder weil ich ein guter Zuhörer bin?"

"Das mag sein", sie sah ihm bittend ins Gesicht, "jedenfalls muss das von mir eben Erzählte unbedingt unter uns bleiben. Mann!", ärgerte sich Lisa laut, "ich bin aber auch eine Plaudertasche, sonst bin ich doch gar nicht so."

"Beruhige dich, ich halte schon dicht, da brauchst du keine Angst zu haben. Wie heißt eigentlich dieser Tyrann?" Eigentlich hätte Marco Lisa nicht nach dem Namen fragen müssen, er wusste ihn auch so.

"Er heißt Harald Schmieder, kam aus Frankfurt am Main hat in das Landhotel eingeheiratet."

"Aha!", murmelte Marco nur und dachte 'Also doch!' Dieser Kotzbrocken war sein Erzeuger, das Wort Vater würde er im Zusammenhang mit diesem Namen nicht mehr in den Mund nehmen. Da kam ja immer mehr über diesen Vollpfosten heraus. Fast hätte er Lisa seine ganze Geschichte erzählt und klargestellt, in welcher Beziehung er zu Harald Schmieder stand. Schnell schluckte er es hinunter, das wäre sicher noch zu früh. Erst musste er die Lage prüfen, bevor er weitere Schritte unternahm. Jetzt würde er erst einmal der knackigsten Braut der Welt helfen, ihr Auto wieder flott zu machen. Mittlerweile wurde es Abend. Die Sonne ging hinter den Bergen unter. Was für ein schöner Anblick und neben ihm 'e sauberes Madel', wie die Bayern sagen würden. Er war jetzt richtig neugierig auf seine Halbschwester. Wie ihm Lisa geschildert hatte, wurde diese von ihrem Vater drangsaliert und eingeschüchtert. Ihr musste er beibringen sich zu wehren, gegen ihren Vater aufzulehnen und sich nicht alles gefallen zu lassen. Es wird Zeit, dass seinem Erzeuger das Handwerk gelegt wird. Beim Fahren spürte Marco, dass Lisa, die jetzt ganz ruhig neben ihm saß, ihn beobachtete. Er wollte sie schon wieder provozieren, überlegte es sich dann aber doch anders.

Als sie etwa fünfzehn Minuten gefahren waren, tauchte die Tankstelle auf. "Lisa, bleibe ruhig sitzen, ich erledige das für dich. Ich hole dir den Kanister Benzin und dann schnell zurück zu deinem Auto, bevor es dunkel wird." Marco kam mit dem Kanister in der Hand zurück und verstaute ihn im Kofferraum. Er stieg wieder ein und startete das Auto.

Lisa wollte jetzt wissen, was sie schuldig war. Marco meinte nur: "Lass gut sein, den Sprit schenke ich dir."

"Nein, nein, sag' endlich, was der Kanister gekostet hat. Ich bleibe nicht gerne jemandem etwas schuldig."

"Ha, ha", lachte Marco, "hast du Angst, ich könnte etwas dafür verlangen, zum Beispiel einen Kuss von dir?"

"Quatsch, du kannst doch ganz andere Bräute aufreißen als mich." Jetzt angelt er auch noch nach Komplimenten, dachte Lisa. Wie konnte sie nur so etwas Dummes sagen, der musste sie für ein Mauerblümchen halten.

"Weißt du, Lisa, ich habe bis jetzt wenig Zeit gehabt, mich zu amüsieren, geschweige denn eine Frau kennen zu lernen. Ich habe die Möbelfabrik von meinem Großvater übernommen und bis jetzt immer nur gearbeitet. Für mich wäre es jetzt sicher an der Zeit, mal eine kennen zu lernen, die nicht nur immer Party machen will."

"Ja, geht es dir denn genauso wie mir? Alle Männer, die ich kenne, wollen immer nur eins: Möglichst schnell in die Kiste mit mir, keiner will heute noch eine ernsthafte Beziehung und Verantwortung übernehmen."

"Wir müssen uns unbedingt wiedersehen."

"Wenn du willst, könnte ich es vielleicht einrichten", entgegnete Lisa schnippisch.

"Ich weiß, dass man eine Frau nicht nach ihrem Alter fragt, aber interessieren würde es mich trotzdem. Also wie alt bist du denn, du wirkst noch wie ein Teenager."

"Ja, man fragt eine Frau nicht nach ihrem Alter. Damit du es weißt: Ich bin alt genug, um mir einen Mann zu suchen."

"Ich bin achtundzwanzig Jahre", sagte Marco ungefragt.

"Und ich bin einundzwanzig Jahre alt", antwortete Lisa jetzt doch. "Meine Cousine Leonie ist auch achtundzwanzig."

Das schockte Marco wieder, das darf nicht wahr sein, da hatte sein Erzeuger zur gleichen Zeit zwei Frauen. Dass musste er erst mal verdauen.

"Sag mal, Lisa, was hast du eigentlich für einen Beruf?"

"Ich bin Arzthelferin und arbeite bei unserem Landarzt."

"Oh, das ist aber auch nicht so leicht, immer kranke Leute um dich herum."

"Ach, mir macht mein Beruf Spaß", meinte Lisa.

Mittlerweile waren sie an Lisas Auto angekommen. Sie stiegen aus und Marco holte den Kanister aus dem Kofferraum.

"Hoffentlich hast du auch das richtige Benzin geholt."

"Also, weißt du, ich bin ja nicht gerade blöd", antwortete Marco mit einem Schmunzeln.

"Ist ja gut, gib' schon her, das mache ich selbst." Lisa füllte ihren Tank mit dem Sprit und verstaute den Kanister in ihrem Kofferraum. Wieder einmal war sie richtig kratzbürstig zu diesem Marco, aber irgendwie reizte es sie, ihn zu provozieren. Sie stieg in ihr Auto und probierte, es wieder flottzukriegen. Welch ein Wunder, was so ein bisschen Benzin doch ausmacht: Der Motor heulte auf, das Auto sprang an. Sie atmete auf: "Was ein Glück!" Sie ließ die Seitenscheibe herunter und bedankte sich noch einmal bei ihrem Retter in der Not.

Marco musste schnell handeln und bat sie deshalb um ihre Telefonnummer, im Gegenzug gab er ihr seine Handynummer. Lisa notierte sie auf einem kleinen Block, den sie immer im Auto hatte, und riss den oberen Zettel ab. Jetzt ließ sie sich seine Handynummer sagen und notierte sie ebenfalls auf dem Block. Lisa rief "Tschüss!", schloss das Fenster, winkte ihm noch einmal und fuhr los.

Marcus war perplex, das sah wie eine Flucht vor ihm aus. Auch er stieg in sein Auto und fuhr ebenfalls los. Als er an seinem Ziel angelangt war, sah er gerade noch, wie Lisa in einem Seiteneingang des Hotels verschwand.

Das Hotel lag in der Dämmerung und machte einen imposanten Eindruck. Er hatte es gerade noch geschafft, bevor die Dunkelheit hereinbrach. Es lag an einem Berg mit saftigen Wiesen und Wäldern. Es war ein atemberaubender Anblick, die Gegend war wirklich sehr schön. Na, denn mal los, ab zum Feind. Er ging durch das Hauptportal zur Rezeption. Das Hotel war gut besucht, das dazugehörige Restaurant war voll besetzt. Marco hatte einen Blick riskiert, er hatte nämlich Hunger und wollte noch etwas essen. Aber so wie es aussah, würde er sich etwas aufs Zimmer bringen lassen, sofern er noch eines bekam. Er ging zur Rezeption, dort wurde er von einem freundlichen Herrn begrüßt.

"Guten Abend, ich möchte ein Einzelzimmer mit Frühstück für mindestens zehn Tage."

"Da haben Sie aber Glück. Ich hätte noch eins, es liegt etwas abseits und grenzt an den Privatbereich des Besitzers."

"Das ist mir egal ich laufe gerne etwas weiter, Hauptsache, ich bekomme noch ein Zimmer."

Er händigte ihm den Zimmerschlüssel und einen Zettel mit einer Telefonnummer aus und zeigte Marco den Weg. "Sollten sie irgendwelche Wünsche haben, rufen Sie diese Nummer an."

Im Zimmer angelangt, öffnete er die Balkontür, denn an den geschmackvoll ausgestatteten Raum grenzte nämlich ein Balkon. Das Bad war sauber und sehr modern. Marco machte es sich gemütlich und rief noch einmal den freundlichen Herren an der Rezeption an, um zu fragen, ob er sich etwas aufs Zimmer bestellen kann. Im Angebot gab es ein Vier-

Gänge-Menü, das sich sehr gut anhörte, Marco bestellte es sich, zum Trinken hatte er schon etwas in dem gut gefüllten kleinen Kühlschrank gefunden. Er trat auf den Balkon hinaus und atmete die gute Luft tief ein. Welch herrlicher Blick, den musste er sich morgen in der Frühe noch einmal ansehen.

Er neigte den Oberkörper über das Balkongeländer und sah nach unten. Im Nebenzimmer stand das Fenster auf und es brannte Licht. Plötzlich hörte er Stimmen. Eine ihm bekannte Frauenstimme begrüßte gerade Leonie. Mensch! Das war doch seine Halbschwester! Jetzt musste er doch etwas genauer hinhören, was die beiden Frauen zu bereden hatten. Es war zwar nicht die feine Art, aber er konnte nicht widerstehen.

"Hallo, Leonie, ich war schon bei Tante Kathi."

"Ach, Lisa, bin ich froh, dass du da bist."

"Leonie, ich muss dir unbedingt was erzählen. Auf dem Weg zu dir hat mein Auto den Geist aufgegeben. Ich dachte schon, was ist denn jetzt wieder mit dieser blöden Kiste los, dann fiel mein Blick auf die Tankuhr. Mein Tank war leer, ich hatte doch tatsächlich in der Aufregung vergessen zu tanken. Mir blieb nichts anderes übrig, als mich an den Straßenrand zu stellen und zu hoffen, dass jemand anhält und mir aus meiner Notlage hilft. Ausgerechnet hielt ein Mann an, du weißt ja, welche blöden Bemerkungen dann meistens kommen, wenn die hören, dass der Tank leer ist. Das kann nur einer Tusse passieren und so fort. Dazu kommt noch, dass ich heute meinen kürzesten Mini und mein engstes Top anhabe und dann stehe ich noch am Straßenrand, jeder musste denken, ich wäre eine vom horizontalen Gewerbe. Und dann steigt auch noch ein Prachtexemplar von Kerl aus, mein Retter in der Not. Groß, drahtig, blonde Haare und blaue Augen, er heißt Marco und will hier in eurem Hotel seine Ferien verbringen."

"He, he, Lisa, was ist denn mit dir los? Hast du dich verliebt??"

"Was du gleich wieder denkst. Du weißt doch, ich bin noch Jungfrau und einer wie der hat gerade auf mich gewartet. Der kann an jedem Finger zehn haben, wenn der will. Und wenn, ist der sicher auch nur auf eine Nacht mit mir aus und verpisst sich dann. Wer will denn heute noch heiraten und Kinder großziehen? Die Kerle wollen doch alle nur ihr Vergnügen und keine Verantwortung übernehmen. Aber das Tollste kommt noch: Stell' dir mal vor, er machte keine blöde Bemerkung und hat sogar zugegeben, dass auch er schon mal vergessen hat zu tanken und nicht weiterfahren konnte."

"Was? Lisa - ein Mann, der das zugibt, ist aber wirklich etwas Besonderes."

"Ja, das denke ich auch, ich habe ihm meine Telefonnummer gegeben, mal sehen, was daraus wird. Aber nun zu dir, Leonie, was ist los, du hast so aufgeregt geklungen."

"Es geht wieder mal um meinen Vater, der zum Glück noch in München ist. Mutter hat festgestellt, dass er immer wieder sehr hohe Beträge abgehoben hat, die nirgends mehr aufgetaucht sind. Als er gestern weg war, hat sie seinen Schreibtisch und das Geheimfach untersucht. Was glaubst du, hat sie gefunden?"

"Nun spann mich nicht auf die Folter!"

"Einen Kaufvertrag für eine Finca in Spanien und Auszüge von einem Konto in Spanien, dort hat er 500.000 Euro stehen."

"Was? Das darf doch nicht wahr sein. Hat der vielleicht eine Freundin und will sich absetzen?"

"Mann, Lisa, daran haben wir noch gar nicht gedacht, das wäre eine Gemeinheit. Uns nimmt er jeden Sonntag mit in die Kirche, benimmt sich dort wie der frömmste Mensch der Welt, verurteilt andere, wenn sie gesündigt haben und selbst ist er der Schlimmste. Leonie, dieser Moralapostel, das wäre wirklich ein Ding, wir müssen das unbedingt heraus bekommen."

"Deine Mutter muss einen Detektiv beauftragen, um das herauszufinden. Wir müssen uns mit deiner Mutter zusammensetzen und beratschlagen, was zu tun ist. Hast du ihm eigentlich gesagt, dass du einen Arbeitskollegen von dir liebst?"

"Um Gotteswillen, was glaubst du, was da los ist, wenn er das herausfindet."

"Mensch, Leonie, du bist doch alt genug. Scheiß ihm doch mal vorn Koffer, zieh aus und such dir endlich eine Wohnung."

"Mann, Lisa du hast mal wieder eine Ausdrucksweise. Ich will doch meine Mutter mit diesem Tyrannen nicht alleine lassen."

"Kann sich deine Mutter nicht auch endlich mal wehren? Eigentlich ist sie doch die Besitzerin des Hotels."

"Ja, aber mein Großvater war doch auch so ein Haustyrann, der hat kurz vor seinem Tod meinem Vater alle Vollmachten gegeben und ihn als Geschäftsführer eingesetzt. Seine Tochter gehöre an den Herd und wäre sowieso zu blöde, um ein Hotel zu führen."

"Wie bitte? Unser beider Opa war auch so schlimm, das wusste ich ja gar nicht."

"Es ist schon ein kleines Wunder, dass Mutter mal die Konten überprüft hat. Sie hatte furchtbare Angst dabei."

"Sag mal, Leonie, das Foto da, ist das ein Hochzeitsfoto deiner Eltern?"

"Ja, warum?"

"Das gibt's doch nicht, mein Retter in der Not sieht deinem Vater unwahrscheinlich ähnlich, er könnte sein Sohn sein. Wusst' ich's doch, der kam mir gleich so bekannt vor. Jetzt weiß ich auch warum."

"Jetzt mal' aber nicht den Teufel an die Wand, Lisa, das würde mir gerade noch fehlen, einen Halbbruder, der meinem Vater ähnlich sieht - ein grauenhafter Gedanke."

Marco hatte genug gehört, gleich morgen früh würde er mit seiner Halbschwester und deren Mutter sprechen. Und beide über den sauberen Harald aufklären. Es war hochinteressant zu hören, wie Lisa über Männer denkt. Das war die erste Frau, die ihm nicht mehr aus dem Kopf geht, seit er sie gesehen hat. Endlich ein Girl, das auch eine Familie gründen will und einen Kinderwunsch hat. Keine karrieregeile Tusse. Außerdem war sie noch Jungfrau, gut zu wissen. Sie war in ihrer Ausdrucksweise sehr direkt, das mag manch anderen abstoßen. Er findet das gut und er würde die Festung stürmen. Lisa, du wirst dich in mich verlieben und wir werden heiraten. Basta!

Wenn die wüsste, was ich jetzt schon alles von ihr weiß. Er stellte die Balkontür auf Kippen und im selben Moment klopfte es an seiner Tür. Sein Essen war da, hm, wie das duftete, jetzt merkte er erst, wie hungrig er war. Er genoss sein Menü bis auf ein Stück Fleisch, welches er beim besten Willen nicht mehr schaffte, trank noch ein Glas Rotwein dazu und saß danach satt und zufrieden auf seinem Bett.

Er hob sein Glas und prostete sich selbst zu, auf die Zukunft mit Lisa.

Er schlief sehr unruhig, mitten in der Nacht hörte er ein jämmerliches Winseln. Er stand auf und schaute aus dem Fenster. Etwas schemenhaft sah er einen kleinen Hund an einem Baum festgemacht, der jämmerlich heulte. Schnell zog er sich an, schloss seine Tür ab und rannte aus dem Hotel auf den Baum zu, der gegenüber am Wiesenrand stand.

"Na, du armer Kerl, was ist denn los, hat dich jemand hier ausgesetzt?", fragte er den jammernden Hund. Der wedelte mit seiner Rute und freute sich, dass ihn endlich jemand gehört hatte. Er trug einen Zettel am Halsband, darauf stand 'Ich heiße Charly, bin fünf Jahre alt und ein Jack-Russell-Rüde, leider durfte ich nicht in die neue Wohnung mit einziehen. Der Vermieter hat es verboten. Bitte sei gut zu mir, ich bin ein ganz lieber Kerl. Ich habe alle Impfungen und muss erst im Herbst wieder die Jahresimpfung haben.'

Marco schüttelte den Kopf, da nahm es jemand ganz genau, war aber so herzlos, ihn einfach auszusetzen. Nicht zu fassen. "Mann, Charly, du armer Kerl, du kommst jetzt erst einmal mit in mein Zimmer." Charly war ganz zutraulich, er hatte gemerkt, dass dieser Mann es gut mit ihm meinte. Wenn der jetzt noch ein gutes Fresschen für ihn hätte, wäre er wieder glücklich.

Marco ging mit Charly in sein Zimmer, immer darauf bedacht, dass ihn niemand sah. Dort angekommen, stellte er ihm in einer Untertasse Wasser hin. Zum Glück hatte er vom Vorabend noch etwas Fleisch übrig, das servierte er ihm jetzt. Der Hund fiel über das Fleisch her, als wenn er Tage lang nichts zu fressen bekommen hätte. 'Dem schmeckts', dachte Marco. Es bereitete ihm Freude, dem kleinen Charly zuzusehen. Satt und zufrieden nahm er auf dem Teppich Platz, der neben Marcos Bett lag. Marco kniete sich vor ihn und streichelte ihn. Jetzt bin ich also auf den Hund gekommen. Er begab sich wieder in sein Bett und schlief ein. Gegen Morgen wurde er von etwas Feuchtem geweckt, seine Wange war ganz nass, er fuhr im Bett hoch und schaute direkt in zwei Hundeaugen, die ihn treu anguckten.

Stimmt! Es fiel ihm wieder ein, er hatte in der Nacht einen Hund in sein Zimmer geholt. Der lag nun auf seinem Bett, leckte ihm die Wange und gab Pfötchen. "Na, Charly, mein Lieber", er streichelte ihn und sagte: "komm, wir stehen jetzt auf und ich gehe mit dir Gassi." Er ging mit dem Hund an der Rezeption vorbei und berichtete von der nächtlichen Störung und das er jetzt deshalb einen Hund dabei hätte.

"Eigentlich dürfen keine Hunde ins Hotel mitgebracht werden, aber in diesem Fall macht der Chef sicher eine Ausnahme. Der kommt aber erst in vier Tagen aus München zurück."

"Ich hätte da noch ein Problem, wo bekomme ich denn Hundefutter?"

Der nette Herr winkte ab. "Ich besorge Ihnen welches. Meine Schwester hat auch einen Hund."

Das ist aber sehr nett von Ihnen, vielen Dank, ich gehe jetzt erst einmal mit dem Hund Gassi, danach möchte ich gerne frühstücken. Den Hund möchte ich dann solange unangeleint im Zimmer lassen, geht das?"

"Das ist kein Problem, unser Frühstücksbüffet finden Sie im Restaurant, es ist bis 10 Uhr geöffnet und auf den Hund passen wir schon auf."

"Aber gestatten Sie eine ganz andere Frage: Sind Sie mit unserem Chef verwandt, Sie sehen ihm sehr ähnlich. Sie müssen wissen, ich kenne die Chefin schon als Kind und habe hier im Hotel meine Lehrzeit verbracht und bin danach geblieben. Man hat mich dann als Empfangschef eingestellt. Ich heiße Martin Draxeneder und wäre mir Herr Schmieder nicht in die Quere gekommen, hätte ich die Kathi geheiratet."

"Das ist ja interessant, Herr Draxeneder. Ich verrate Ihnen jetzt ein Geheimnis. Ja, ich bin verwandt mit Ihrem Chef. Ich bin ein unehelicher Sohn von diesem Kotzbrocken."

"Endlich merkt mal jemand, wie ekelhaft dieser Kerl ist. Herr Knapp, Sie sind mir sehr sympathisch und Ihr Geheimnis ist bei mir gut aufgehoben."

Marco verabschiedete sich und trat aus dem Hotel. Der Hund freute sich und rannte los. Marco sah sich dabei die Umgebung an, ganz in der Nähe stand eine Bank, dort machten sie Rast. Charly legte sich seinem neuen Herrchen zu Füssen und döste vor sich hin.

Aus der Ferne sah Marco eine Joggerin auf sich zu kommen. Beim Näherkommen erkannte er Lisa. Sein Herzschlag beschleunigte sich, als sie zu ihm trat.

"Hallo, mein Retter in der Not, wie geht es dir? Was hast du denn da für eine Töle bei dir?"

"He, beschimpf' Charly nicht als eine Töle, der kleine Kerl hat heute Nacht jämmerlich geheult. Seine Vorbesitzer hatten ihn an einen Baum gebunden."

"Was? Das ist ja eine Sauerei! Och, Charly, du armer Kerl!" Charly wedelte mit seiner Rute und kam auf Lisa zu, drückte sein Köpfchen an ihre Beine, sodass sie gar nicht anders konnte, als ihn zu streicheln. "Du bist mir ja ein Charmeur! Ist der niedlich, den würde ich auch sofort mit nach Hause nehmen. Wie können Menschen nur so herzlos sein."

"Hallo, Lisa ich bin auch noch da", grinste Marco. Hatte ihm der kleine Kerl doch die Schau gestohlen.

"Ach ja, Charly du hast auch noch ein Herrchen, also Marco, was gibt es?"

"Lisa, ich muss dir unbedingt etwas sagen. Du hast schon richtig festgestellt, dass ich jemandem sehr ähnlich sehe. Das hat auch seinen Grund. Du kennst ihn: Es ist Harald Schmieder, dein Onkel. Dieser Vollpfosten ist leider Gottes mein Erzeuger."

"Also habe ich doch recht gehabt!", knurrte Lisa. "Um Gottes Willen, da kippt Tante Kathi aus den Latschen, wenn sie das hört."

"Was hältst du davon, wenn wir beide erst einmal frühstücken und dann zusammen zu deiner Tante und meiner Halbschwester gehen? Ich habe große Neuigkeiten für sie."

"Was denn für welche?"

"Die erfährst du mit den anderen zusammen. Außerdem möchte ich dir noch etwas ganz Wichtiges sagen. Komm, lass uns zusammen frühstücken."

"Ich kann doch nicht einfach im Hotel mit dir frühstücken."

"Das ist mir egal, dann bezahle ich es eben extra, ich möchte dich einladen. Also auf, komm schon."

"Ich bin noch in Freizeitkleidung und verschwitzt."

"Dann gehe in Gottes Namen erst duschen und wir treffen uns in einer halben Stunde an der Rezeption, in der Zeit kläre ich das mit dem Frühstück. Du wirst denen nicht gleich das ganze Büffet leer essen."

"Also - sehe ich vielleicht so aus, bin ich dir etwa zu dick?"

"Lisa, was ist eigentlich mit dir los? Hast du Minderwertigkeitskomplexe?"

"So ein Unsinn, also gut, Marco, bis gleich."

Schwupp, weg war sie. Aus dieser Frau sollte einer klug werden. Egal, die würde ihn noch anhimmeln. Lisa, wir zwei kommen schon noch zusammen, auch wenn du dich noch so gegen deine Gefühle wehrst. Marco lief gut gelaunt und pfeifend mit Char-

ly an der Leine zu seinem Zimmer. Dort erwartete ihn
eine Überraschung. Der nette Herr am Empfang hatte
Wort gehalten. "Sieh mal, Charly, da steht Futter und
Wasser für dich bereit." Als er Charly von seiner Leine befreit hatte, stürzte der sich sofort auf das Futter.

"He, Junge, mach mal langsam, sonst ver-
schluckst du dich noch, ich fresse es dir schon nicht
weg." Als er fertig war, machte er noch laut und deutlich sein Bäuerchen und leckte sich noch einmal seine
Schnauze ab. "Das muss aber gut geschmeckt haben,
kleiner Freund", Marco musste lachen. "So, Charly,
ich stelle dir noch frisches Wasser hin, lege dich auf
den Teppich, ich bin in einer Stunde wieder da. Auch
ich muss mal was zu mir nehmen, mir knurrt schon

der Magen. Sei brav und heule oder belle nicht los, wenn ich gehe, ich komme wieder." Charly legte sein Köpfchen schief und sah ihn verstehend an. Marco streichelte ihm noch einmal über den Kopf und ging aus dem Raum. Er blieb noch einen Augenblick stehen um zu hören, ob Charly den Aufstand probte. Zum Glück blieb alles ruhig. Und jetzt ab in den Speiseraum.

An der Rezeption wartete schon Lisa. Allein ihr Anblick verursachte Marco schon Herzklopfen, dass ihm das mal bei einer Braut passieren würde, hätte er nicht für möglich gehalten. Wenn die anderen wegen einer Frau ins Schwärmen kamen, hatte er sie immer ausgelacht.

"Hallo, Lisa, komm lass uns gehen." Er nahm ihre Hand, zuerst wollte sie sie zurückziehen, dann ließ sie es geschehen. Hand in Hand ging es zum Frühstücken. Sie stellten sich am Büffet an, jeder suchte sich sein Frühstück zusammen, so wie es aussah, hatten sie in etwa denselben Geschmack. Jeder hatte Brötchen, Wurst, Schinken, Käse, Butter und einen Joghurt auf seinem Teller.

Eine Kanne Kaffee und Tee standen auf jedem Tisch bereit. Jetzt noch Besteck und Serviette und der große Schmaus konnte beginnen. Sie steuerten auf eine kleine Nische zu, die gerade Platz für zwei Leute bot.

"So, Lisa, dann Mahlzeit!"

"Dito!", antwortete sie kurz und bündig.

Marco genoss gerade sein gut belegtes Brötchen, als er vom Tisch aufblickte und genau in Lisas Augen sah. Sie hatte ihn die ganze Zeit heimlich beobachtet und wurde jetzt rot, als er sie dabei ertappte. "Das ist aber schön, dass du mich so liebevoll anblickst."

"Bilde dir nur nichts ein, ich habe nur gerade dein Gesicht mit dem Onkel Haralds verglichen. Es ist schon erschreckend, wie du ihm gleichst."

"Musst du immer die Kratzbürste heraushängen? Welcher Kerl hat dich eigentlich so verletzt, dass du so männerfeindlich bist?"

"Das bin ich nicht."

"Dann erzähle doch mal, hattest du vielleicht einen Freund, der nur das eine von dir wollte? Nämlich Sex?"

"Du hast es erfasst, zuerst hat mich dieser Schuft umgarnt. Aber als ich ihm klar gemacht habe, dass ich nicht gleich mit jedem ins Bett gehe, hat er mich fallen lassen wie eine heiße Kartoffel. Ich wäre ihm zu altmodisch und bestimmt eine Niete im Bett. Am nächsten Tag hatte der schon wieder eine andere im Schlepptau."

"An dem Kerl hast du nichts verloren, der hätte dich sowieso nicht verdient. Du hast ganz recht, wenn man auf eine längere Beziehung aus ist, geht man nicht sofort zum Sex über. Man muss sich erst mal richtig kennen lernen, um eine Beziehung aufzubauen. Ich habe mich sofort in dich verliebt, als ich dich da am Straßenrand stehen sah. Du hattest etwas Provozierendes in deinem Blick, das hat mir besonders gut gefallen. Eine Frau, die nur Ja und Amen zu allem sagt, möchte ich nicht."

Lisa wurde entsetzlich verlegen und hatte vergessen weiter zu kauen, fast hätte sie sich verschluckt.

78

"Du ..., du ...", stotterte sie, "hast mir auch gleich gefallen. Jetzt fange ich schon an zu stottern, was machst du mit mir?"

"Lass deine Gefühle ruhig zu, ich werde dich nicht enttäuschen. Ich habe lange nach so einer Kratzbürste wie dir gesucht."

Der Moment ihrer Verlegenheit war rasch verflogen. Wieder kampfbereit protestierte sie: "Ich bin keine Kratzbürste."

"Bei uns wird es nie langweilig werden, Lisa, du bist und bleibst die schärfste Braut, die ich kenne. Das war ein Kompliment", schnitt er ihr schnell das Wort ab. Sie hatte nämlich schon Luft geholt.

Still hing danach jeder seinen Gedanken nach und beendete schnell sein Frühstück.

"So, Marco, jetzt gehen wir zusammen zu Tante Kathi und Leonie. Aber zuerst holen wir noch Charly aus dem Zimmer, sonst meint er, er wäre abermals im Stich gelassen worden. Der arme kleine Kerl." Sie machten sich auf den Weg. Diesmal zuckte Lisa nicht zurück, als Marco ihre Hand in seine nahm. Sie gingen auf den Nebeneingang zu. Lisa klingelte an der Haustür. Sie wurde geöffnet und Leonie stand in der offenen Tür, ein markerschütternder Schrei und sie rannte zurück in die Wohnung. Selbst Charly war über ihren Schrei erschrocken und verkroch sich hinter Marco.

"Leonie, so warte doch!", rief ihr Lisa hinterher. "Ich will dir doch nur Marco vorstellen, er möchte etwas mit euch besprechen."

Leonie kam langsam, bleich und mit offenem Mund zurück. "Wer sind Sie?", fragte sie.

"Können wir das nicht drinnen besprechen?"

"Entschuldigung, kommt bitte herein. Mutter, kommst du mal ins Wohnzimmer, wir haben Besuch."

Kathi kam die Treppe herunter. Beim Blick ins Wohnzimmer wäre sie fast aus den Latschen gekippt. Sie griff sich ans Herz. "Oh Gott, eine Fatamorgana!" Sie schloss die Augen, öffnete sie wieder, doch der Anblick des Mannes blieb ihr nicht erspart. "Wer sind Sie?", stammelte sie.

"Vielleicht können wir uns erst mal hinsetzen, bevor noch einer von euch beiden umfällt, wenn ihr hört, was ich zu erzählen habe."

Die beiden Frauen starrten den Fremden an.

"Zunächst einmal: Ich bin Harald Schmieders Sohn Marco, du, Leonie, bist meine Halbschwester."

"Waas!", schrie Kathi. "Mein Mann hat keinen Sohn."

"Leider hat ihr Mann meine Mutter, als sie schwanger wurde, sitzen lassen. Er ist verschwunden auf Nimmerwiedersehen. Hat sich nie erkundigt, ob er einen Sohn oder eine Tochter hat und natürlich auch keinen Pfennig Unterhalt gezahlt. Meine Mutter war damals noch sehr jung und hat auch nie nach ihm gesucht. Ich bin mittlerweile achtundzwanzig Jahre alt und bin auf der Suche nach meinen Wurzeln. Was ich da schon in der kurzen Zeit über meinen Erzeuger hören musste, reicht mir eigentlich schon."

Leonie löste ihre starre Haltung auf und sah Marco neugierig an. "Donnerwetter! Da hab' ich einen Bruder und weiß von nichts, das darf doch nicht wahr sein. Sie sind achtundzwanzig Jahre alt, in welchen Monat sind sie geboren?"

"Im Juni."

"Da hat dieser Mistkerl neben mir noch eine Frau gehabt. Leonie ist nämlich im März geboren."

"Da waren Sie schon schwanger?"

"Ja, Harald war mein erster und einziger Mann, mit dem ich je eine Beziehung hatte. Im Teenageralter habe ich mal für Martin, unseren Empfangschef, geschwärmt. Der liebt mich heute noch."

"Ich werde euch jetzt meine Geschichte erzählen", begann Marco. "Ich muss aber weit ausholen. Meine Großmutter Sieglinde war in erster Ehe mit einem Fritz Braun, einem sehr reichen Mann, verheiratet. Ihren Traummann Franz Knapp konnte sie aus finanziellen Gründen damals nicht heiraten. Ihr Vater war schwer herzkrank und die Spedition und das Haus hoch verschuldet, sie hätten alle auf der Straße gestanden. Sie bekam meine Mutter Miriam und noch einen Sohn Alfred. Nach Fritz Brauns Tod, der Opa war meine Bezugsperson, da ich keinen Vater hatte, erkrankte Alfred an Leukämie. Meine Großmutter und meine Mutter wurden getestet und es kam dabei heraus, dass sie einen anderen Vater haben mussten als Alfred. Es stellte sich später heraus, dass Franz Knapp, der Möbelfabrikant, ihr Vater ist. So lernte ich meinen Opa Franz kennen und lieben. Seit dieser Zeit führe ich die Möbelfabrik und meine Mutter ist in Hamburg im Möbelhaus Knapp. Das ist mittlerweile drei Jahre her. Ich wollte jetzt auch endlich meine Wurzeln finden, nicht wie meine Mutter durch einen Zufall. Das ist im Gröbsten meine Geschichte. Auf dem Weg zu euch führte mich meine erste Adresse, die ich von meiner Mutter hatte, nach Frankfurt am

Main. Dort habe ich meinen Großvater Herbert Schmieder getroffen. Jetzt haltet euch fest, wenn ich euch erzähle, was Harald mit seinem eigenen Vater vorhat: Er will ihn entmündigen lassen, die Pension verkaufen und ihn in ein billiges Altersheim abschieben."

Leonie rief entsetzt: "Was, das gibt's doch nicht, uns hat er immer erzählt, seine Eltern würden nicht mehr leben. Wenn ich gewusst hätte, dass ich noch einen Opa habe, hätte ich den längst besucht."

Marco berichtete weiter, was er alles in die Wege geleitet hatte, um seinem Opa einen schönen Lebensabend zu bescheren. "Auf dem Weg hierher bin ich in München in einem Hotel zum Essen eingekehrt. Und wen glaubt ihr, habe ich dort gesehen? Meinen Erzeuger. Er war aber in Begleitung einer jungen Frau. Sie haben sich geküsst und über ihre Zukunft unterhalten. Dass sie in Spanien in der Finca leben wollen und dass das Geld von dem Verkauf der Pension ihnen als Lebensunterhalt dienen soll."

"Wie bitte???", schrie Kathi auf, "dieser Mistkerl betrügt mich? Ist es nicht genug, dass er Geld vom Hotel abgezogen und ins Ausland geschafft hat?"

Marco holte sein Handy heraus und schaltete es ein. "Hier habe ich den Beweis." Er zeigte Leonie und ihrer Mutter das Foto, das er im Hotel gemacht hatte. Mutter und Tochter wurden blass um die Nase, als sie es sahen.

"So, Mutter, jetzt haben wir endlich den Beweis."

"Ist ja gut, Leonie. Ich rufe jetzt diesen Detektiv an, den mir Martin empfohlen hat, ich kenne ihn ja auch. Martin war es nämlich, der mich darauf aufmerksam machte, mal die Konten zu überprüfen, er ist mir noch immer ein guter Freund, auf den ich mich verlassen kann."

"Ja, Tante Kathi, rufe den an."

Lisa meldete sich zu Wort. "Endlich seid ihr aufgewacht und dieser Idiot ist von seinem Podest gestürzt. Ihr habt ihn immer wie einen Heiligen behandelt, der sich alles erlauben kann."

"Ja, ja, Lisa, du hast ja wieder mal recht behalten, leider!", rief Leonie. "Von dem lasse ich mir nichts mehr gefallen, der hat mir nichts mehr zu sagen und dir auch nicht, Mutter."

"Sagt dem Detektiv, er soll unbedingt auch

überprüfen, was diese Tusse im Schilde führt. Mir kam die kalt und böse vor, als ob die den Harald hereinlegen und abzocken will. Als die sich unbeobachtet glaubte, hat sie Harald mit einem kalten, hämischen Blick bedacht, da stimmt irgendetwas nicht. Wenn die ihn finanziell ruiniert, geht das euch auch etwas an. Schließlich sind das Gelder, die er vom Hotel abgezogen hat."

Lisa, die sich zunächst etwas zurückhielt, fragte: „Sag' mal, Marco, schwängerst du auch Frauen und lässt sie dann im Stich? Du bist sein Sohn ..."

Marco war entrüstet: „Wie kannst du so etwas von mir denken?" Er war empört.

"Ist ja gut, ich wollte dich nicht beleidigen, sondern nur mal hören, wie du darauf reagierst."

"Merke dir eins, wenn ich die Frau fürs Leben gefunden habe, mache ich Nägel mit Köpfen. Das heißt, ich mache ihr einen Heiratsantrag. Sollte sie mich allerdings hintergehen oder betrügen, lernt sie mich kennen. Ansonsten bin ich pflegeleicht."

"Na ja, das muss man erst mal abwarten", feixte Lisa kampfeslustig.

"Aber wo du mich jetzt fragst, was hältst du davon, wenn wir uns besser kennen lernen? Morgen könnten wir doch mal mit Charly zusammen joggen gehen."

"Das ist mal eine gute Idee, Marco."

Etwa eine Stunde war vergangen, als es an der Haustür klingelte. Charly bellte und Marco versuchte ihn zu beruhigen. Leonie, seine Halbschwester, öffnete und kam mit einem Herrn mittleren Alters zurück. "Darf ich euch Hans Meyer, den Detektiv, vorstellen?"

Nach der Begrüßung kam Kathi Schmieder gleich zur Sache. "Hans", sie war mit ihm per du, "ich habe schlimme Sachen von meinem Mann gehört. Ich bin noch ganz außer mir." Sie erzählte ihm alles, auch was Marco in dem Restaurant mit angehört hatte. Marco ergänzte noch die Beobachtung, die er bei dieser Renate gemacht hatte. Irgendetwas stimmt mit dieser Frau nicht.

"Gut, dass sie mir das sagen, die werde ich noch einmal ganz genau unter die Lupe nehmen."

Charly fing zu jaulen an, er wollte hinaus und rannte zur Tür. "Ich verabschiede mich, Charly muss noch einmal in die Natur."

"Ich komme mit", meinte Lisa. Sie traten aus dem Haus, gingen auf die Straße und anschließend in die angrenzenden Wiesen.

"Marco, wenn das alles stimmt mit Harald, wird Tante Kathi sich bestimmt von ihm trennen. Leonie hätte dann endlich Ruhe vor ihrem Vater." Sie gingen noch eine Weile, dann verabschiedeten sie sich vorm Hotel und jeder freute sich auf den neuen Tag, den sie miteinander verbringen wollten.

Für Lisa und Marco begann jetzt eine schöne Zeit. Sie unterhielten sich über alle möglichen Themen, über Gott und die Welt. Sie stellten immer mehr Gemeinsamkeiten fest, ob es die Lieblingsfarbe blau oder das Lieblingsessen war, sie harmonierten einfach gut zusammen. Marco sah sie immer wieder liebevoll und bewundernd an. Bei Lisa kribbelte es im Bauch und sie wartete auf den ersten Kuss. Denn der sollte bitteschön vom Mann ausgehen. Den Marco ihr aber weiterhin verweigerte.

Wieder mal endete ein Tag auf diese Art und Weise. Marco bezog erneut seinen Posten auf dem Balkon seines Hotelzimmers. Er hörte wieder, wie sich Leonie und Lisa über ihn unterhielten. Interessiert hörte er zu.

"Leonie, was soll ich nur machen, meinst du, der käme mal in die Gänge? Er schmachtet mich an und zieht mich mit seinen Blicken aus. Ich spüre genau, dass er etwas für mich empfindet, aber denkst du, der würde es mir mal zeigen? Bis jetzt noch nicht mal einen Kuss, kannst du dir das vorstellen?"

Leonie lachte herzlich. "Bitte entschuldige, Lisa, ich will dich nicht auslachen. Aber vielleicht bist du selbst schuld daran."

"Wie meinst du denn das?"

"Na, also hör mal, so abweisend, wie du auf die Männerwelt wirkst."

"Das stimmt nicht!"

"Doch, doch, du bist immer kratzbürstig, wenn dir einer zu nahe kommt. Damit schlägst du die Männer in die Flucht und hältst sie dir vom Leib."

"Leonie, ihn würde ich nicht von der Bettkante stoßen, das habe ich dir gleich am Anfang, als ich ihn noch gar nicht näher kannte, gesagt. Weißt du, mir wird immer ganz komisch, wenn ich ihn ansehe, die Knie werden weich und ich habe Kribbeln im Bauch."

"Vielleicht musst du die Initiative ergreifen."

"Was? Ich soll ihn küssen, spinnst du? Das muss vom Mann kommen."

"Lisa, Lisa, du bist ja bis über beide Ohren verliebt. Endlich findet sich mal ein Mann, der sich von deinem männerfeindlichen Getue nicht gleich abschrecken lässt. Er schaut hinter deine Fassade."

Marco hatte genug gehört. Ein wenig schämte er sich, dass er gelauscht hatte, trotzdem war es sehr aufschlussreich für ihn. Er nahm Charly, ging mit ihm ins Zimmer und setzte sich aufs Sofa. Dieser hüpfte hoch und ließ sich neben ihm auf dem Sofa nieder. Er forderte seine Streicheleinheiten ein. Marco schmunzelte vor sich hin und flüsterte dem Hund ins Ohr:

Siehst du, mein kleiner Freund, meine Strategie hat schon Früchte getragen. Die niedliche Kratzbürste sinkt mir bald in die Arme. Habe ich es doch gewusst." Charly wedelte mit seiner Rute und schaute sein neues Herrchen an, so als wenn er es verstünde. Er unterhielt sich weiter mit seinem neuen Freund. "Wäre ich gleich mit der Tür ins Haus gefallen, hätte sie mich bestimmt abgelehnt. Von Anfang an habe ich gespürt, dass das die Frau ist, auf die ich so lange gewartet habe. Aber dass ich sie ausgerechnet eines Tages am Straßenrand auflese, hätte ich mir nicht träumen lassen."

Er stand vom Sofa auf und ging zu seinem Bett. Dort ließ er sich auf seine Bettdecke fallen und erzählte dem Hund weiter: "Ach, Charly, das Leben kann so schön sein. Wirst sehen, morgen versucht sie mich zu küssen. Jetzt muss ich doch mal lachen, stell dir nur vor, Leonie meint, ich wäre schüchtern, ich und schüchtern, wenn die wüssten. Ich verspreche dir, mein kleiner, haariger Freund, bald hast du ein richtiges Zuhause. Mit einem warmen Plätzchen am Kamin im Winter, viel Platz zum Toben und vielen lieben Menschen, die dich verwöhnen werden. Aber du musst mir versprechen, dass du dich mit Blacky, dem Kater von Opa Franz, verstehen wirst. Der ist nämlich ganz lieb."

Er hatte sich für den nächsten Morgen mit Lisa zu einer kleinen Bergtour verabredet. Sie kannte die Gegend wie ihre Westentasche und wollte sie ihm zeigen. Sein Erzeuger hatte sich bei seiner Noch-Ehefrau gemeldet und erklärt, die Verhandlungen mit den neuen Kunden würde noch etwas dauern. Er blieb also weiter in München. Wieder hatte er sie angelogen und es hatte nicht viel gefehlt und sie hätte sich verraten. Der Detektiv hatte sich noch nicht gemeldet und bei seiner Mutter und bei Franz, Sieglinde und Herbert gab es auch keine Probleme. So konnte er sich um seine Liebe kümmern. Er stand auf, zog sich aus und legte sich wieder zufrieden in sein Bett, löschte das Licht. Charly lag am Fußende.

Die Nacht verlief traumlos und er hatte gut geschlafen, als er gegen 7.00 Uhr wach wurde. Er stand auf, duschte und zog sich an. Die Tour sollte gegen 8.30 Uhr beginnen. Er ging zur Balkontür und öffnete sie. Er wurde von einem romantischen Sonnenaufgang empfangen. Welch ein Anblick! Er war überwältigt, der passte hervorragend zu seinem Vorhaben. Auch Charly reckte und streckte sich und kam zu ihm auf den Balkon gelaufen. Er war sich sicher, heute würde seine Angebetete ihm in die Arme sinken. Danach wollte er ihr seine Liebe gestehen und einen Heiratsantrag machen. Und bestimmt würde der Tag am Abend mit einer kleinen Feier im engsten Kreise enden.

Nachdem er sich am Frühstücksbuffet gestärkt und mit Charly seine Runde gedreht hatte, eilte er auf den Privattrakt zu. Er kam nicht mal bis zur Tür. Die wurde schon vorher aufgerissen und Lisa stand im Sportdress, festen Schuhen an den Füßen und mit einem Rucksack bewaffnet, strahlend vor ihm. "Hallo, Marco, wir können sofort losgehen. Charly lassen wir besser zu Hause, das wird zu viel für ihn."

"Da hast du sicher recht, ich frage mal meine Halbschwester, ob sie sich um ihn kümmert."

"Schon passiert, Marco. Leonie hat bereits zugesagt. Sie will Charly ein gutes Ersatzfrauchen sein." Die Genannte stand wie gerufen in der Tür und lockte den kleinen Hund mit einem Knochen zu sich. Einem Leckerbissen war er nicht abgeneigt. Er ging sofort zu ihr, schnappte sich den Knochen und hielt ihn mit seinen Zähnen fest.

"Also, Charly, bis heute Abend, tschüss, mein Freund!" Marco streichelte ihn noch einmal und kraulte ihn hinter den Ohren.

Leonie war mit dem Hund ganz schnell hinter der Tür verschwunden.

Lisa holte ihre Wanderkarte heraus und erklärte die Route. "Bis zur ersten Station dauert es etwa zwei Stunden. Es ist ein kleines Restaurant, auf einer Anhöhe idyllisch gelegen, es wir dir gefallen. Dort können wir zu Mittag essen." Sie klappte die Wanderkarte zusammen und dann ging es wirklich los. Marco nahm ihre Hand und Lisa lies es geschehen. Schweigend gingen sie nebeneinander her.

Die Luft knisterte vor Spannung. Plötzlich hielt es Lisa nicht mehr länger aus. Sie tat so, als wenn sie über eine Wurzel stolpern würde und liess sich von Marco auffangen.

Endlich lag sie an seiner Brust. Er sah in ihr erhitztes Gesicht und kam ihr immer näher. Lisa packte die Gelegenheit beim Schopf, zog seinen Kopf zu sich herunter und küsste ihn auf den Mund. Da war es um Marcos Fassung geschehen. Er antwortete ihr mit einem leidenschaftlichen, nicht enden wollenden Kuss.

Lisa schmiegte sich eng an ihn und stöhnte: "Oh Marco, so lange habe ich schon auf einen Mann wie dich gewartet."

Auch er war außer Atem. "Ja, Lisa, mir geht es auch so. Schon als ich dich am Straßenrand stehen sah, wusste ich, das ist die Frau, mit der du mal zusammen alt werden willst. Mein Herz klopfte mir damals bis zum Hals. Als du dann so kratzbürstig zu mir warst, wusste ich: Bei der musst du vorsichtig sein, die will erobert werden. Ich habe nur darauf gewartet, dass du den ersten Schritt machst. Sonst hättest du wieder gemeint, auch ich wollte nur Sex von dir, wie die anderen Männer. Lisa, ich frage dich hier und jetzt, willst du mich heiraten? Ich habe mich unsterblich in dich verliebt."

"Dass ich das noch erleben darf, dass mir ein Mann einen Heiratsantrag macht. Na klar heirate ich dich, ich lieb dich nämlich auch. Ich bin unkonzentriert, mache komische Sachen und bin mit meinen Gedanken nur noch bei dir. Wenn du in meiner Nähe bist, bekomme ich weiche Knie und Herzjagen."

"Ach, Lisa, ich bin so glücklich." Er hob sie auf seine starken Arme und tanzte mit ihr auf der Wiese, bis sie zusammen im Gras landeten. Er küsste sie wieder leidenschaftlich auf den Mund, den Hals und auf ihren Brustansatz. Er hatte ihr die Blusenknöpfe geöffnet.

Lisa stöhnte vor Verlangen. "Marco", hauchte sie, "dort am Abhang ist ein kleiner Unterstand, lass uns dort weitermachen, wo wir jetzt aufhören. Ich will dich, ich halte es vor Verlangen nicht mehr lange aus."

Da wusste Marco: Jetzt hatte er seine kleine Kratzbürste endlich für sich gewonnen, denn auch er war voll Verlangen nach ihr. Sie schafften es gerade noch bis dorthin, dann fielen sie übereinander her. Sie zogen sich gegenseitig aus und lagen splitterfasernackt auf dem aufgetürmten Heu. Marco hatte seine Jacke fürsorglich unter Lisas Körper gelegt. Sie war so unglaublich schön er konnte sich nicht sattsehen an ihrem Anblick. "Lisa, du bist so schön und wirkst so zerbrechlich, wie du da vor mir liegst."

"Marco ich muss dir etwas sagen, ich bin noch Jungfrau", flüsterte sie scheu.

Dank des Lauschens wusste Marco das bereits und war deshalb auch nicht überrascht. "Ach, Lisa, du ahnst nicht, welch ein großes Geschenk du mir damit machst. Ich werde ganz zärtlich und vorsichtig mit dir sein, habe keine Angst, Liebling."

Beide hielten es vor Verlangen nicht mehr länger aus. Lisa schloss die Augen und Marco drang in ihren bereiten Schoss ein. Sie bewegten sich im Rhythmus der Liebe und hatten Zeit und Raum vergessen. Plötzlich stöhnte Lisa auf und drückte Marco, der jetzt auch zum Höhepunkt kam, ganz fest an sich. "Ich lasse dich nie wieder los, Liebster."

"Oh, Lisa, ich liebe dich." Er sah ihr fragend in ihr vor Erregung gezeichnetes Gesicht und in die schönen leuchtenden Augen. "Habe ich dir auch nicht weh getan, Lisa?"

Eigentlich machte sie einen glücklichen Eindruck. "Marco, mit keinem anderen als dir wollte ich mein erstes Mal erleben. Du warst so liebevoll und zärtlich, ich liebe dich für immer und ewig."

Sie lagen jetzt eng aneinander geschmiegt im Heu, da bat Marco: "Lisa, eins musst du mir versprechen, wir müssen uns immer die Wahrheit sagen, auch wenn es mal wehtut."

"Ja, da hast du absolut recht, auch ich finde das sehr wichtig. Wir müssen uns gegenseitig vertrauen können."

Lange lagen sie sich noch in den Armen und unterhielten sich. Plötzlich fuhr Lisa hoch. "Oh Gott, Marco, wir waren eben sehr leichtsinnig. Ich nehme keine Pille und du hast auch nicht verhütet. Was, wenn ich jetzt schwanger werde? Und du hast hoffentlich kein Aids oder Hepatitis C. Ich als Arzthelferin hätte eigentlich an Verhütung denken müssen."

Marco schaute Lisa erschrocken an. "Lisa, Schatz, du brauchst keine Angst zu haben. Ich bin kein Mann, der in der Gegend herumpoppt. Durch mein Geschäft hatte ich die letzten drei Jahre kaum Zeit, mich um eine Partnerschaft zu kümmern. Die meisten Frauen zeigten kein Verständnis dafür, dass ich so wenig Zeit für sie hatte. Außerdem habe ich bis jetzt immer verhütet und gerade haben wir noch über Vertrauen gesprochen, also vertraue mir. Vorhin habe ich vor lauter Verlangen nach dir nicht mehr an Verhütung gedacht. Man könnte sagen, du hast mir den Verstand geraubt. Eigentlich habe ich nämlich Kondome dabei."

"Ach ja, du bist wohl immer für solche Situationen gerüstet?"

"Quatsch, Lisa, ich habe halt gehofft, dass wir uns heute näher kommen. Liebling", er nahm sie noch mal in den Arm. "Solltest du schwanger geworden sein, würde ich mich riesig darüber freuen."

Lisa hatte sich wieder beruhigt. "Komm, lass uns endlich wieder anziehen, nicht dass noch jemand hier vorbeikommt und uns erwischt."

Mittlerweile war es Mittag geworden. "Ich habe jetzt Hunger!", verkündete Lisa. "Lass' uns zu dem kleinen Restaurant gehen."

Zum Glück war das Restaurant nur etwa eine halbe Stunde entfernt. Dort angekommen waren sie mit die ersten Gäste und wurden auch gleich bedient. Jeder bestellte sich eine große Portion Kaiserschmarren und ließ es sich munden.

"Jetzt haben wir uns gestärkt und etwas ausgeruht. Was hältst du davon, wenn wir den Rückweg antreten?"

"Ach ja, eigentlich hast du recht. Wir kommen noch einmal am Unterstand vorbei", bemerkte sie so ganz nebenbei und schaute ihn herausfordernd an.

Marco hatte verstanden und schmunzelte. "Na, Lisa, meine kleine Wildkatze, bist du auf den Geschmack gekommen?", fragte er, nahm sie an die Hand und ging zielstrebig in Richtung Unterstand.

Dort angekommen bewiesen sie sich ihre Liebe aufs Neue. Gegen Abend waren sie dann endlich auf dem Rückweg, immer wieder blieben sie für einen Kuss stehen und sahen sich zärtlich an.

"Meine kleine Kratzbürste, jetzt bist du gezähmt."

"Ha, ha, wart nur ab, wenn wir erst verheiratet sind, dann zeige ich dir mein wahres Gesicht", scherzte Lisa glücklich.

"Willst du mir drohen, künftige Frau Knapp?"

So ging das Geplänkel hin und her. Sie waren wieder am Hotel angekommen und hielten sich immer noch an der Hand. Lisa wollte gerade klingeln, als Leonie mit Charly schon in der Tür stand. Sie sah, dass beide sehr glücklich aussahen.

"Base, du kannst uns gratulieren, Marco hat mir einen Heiratsantrag gemacht."

"Ich habe in weiser Voraussicht schon Sekt kalt gestellt und Muter hat Häppchen im Hotel machen lassen."

"Aber woher konntest du denn wissen, dass wir als Brautpaar zurückkommen?"

"Lisa, ich beobachte euch beide schon die ganze Zeit. Das musste heute einfach klappen. Ich hatte das im Gefühl. Dann lasst uns endlich feiern."

"Ich gehe noch schnell ins Hotel, dusche und ziehe mich um."

"Auch ich tue das und mache mich extra hübsch für dich. Leonie, du musst mir ein Outfit von dir leihen", bat Lisa. Seinen haarigen Freund ließ Marko gleich an Ort und Stelle, nach dem er ihn herzlich begrüßt hatte.

Mittlerweile war es 19.00 Uhr geworden und sie saßen alle zusammen am gedeckten Tisch. Mit Sekt wurde angestoßen und auch Kathi freute sich für Lisa. Dass es ausgerechnet der Fehltritt ihres Mannes sein musste, war in dem Fall nicht mehr so tragisch. Marco konnte nichts dafür. Erst jetzt erfuhr Lisa mehr von Marcus Leben. Und sie ahnte, wie reich ihr Auserwählter eigentlich war. Sie unterhielten sich noch lange, es wurde gescherzt und auch über Harald wurde geredet. Spät am Abend ging Marco wieder ins Hotel zurück. Lisa begleitete ihn und vor dem Eingang konnten sie sich nur schwer trennen, Charly war bei Leonie und Kathi geblieben. Er war schon auf dem Sofa eingeschlafen.

"Bis morgen, Liebster", flüsterte Lisa.

"Bald schlafen wir nicht mehr getrennt. Ich verspreche dir, mein Schatz, wenn hier alles geklärt ist, legen wir den Hochzeitstermin fest. Aber wie gesagt, erst muss das Kapitel Harald Schmieder abgeschlossen sein."

"Marco, so lange er noch nicht da ist, möchte ich dich meinen Eltern vorstellen."

"Das ist mir recht, ich weiß ja noch gar nicht, ob sie mich als Schwiegersohn akzeptieren."

"Die sind bestimmt froh, dass sie mich an den Mann gebracht haben."

"Aber so schlimm bist du doch gar nicht."

"Hast du eine Ahnung!"

"He, Lisa, schon wieder diese Drohung. Ich glaube, ich überlege es mir doch noch mal, ob ich dich heirate."

Sie lachte: "Ha, ha, ha, dich, Marco, habe ich fest an meiner Angel, du entkommst mir nicht." Sie gab ihm noch einen Kuss und Marco ging ins Hotel und Lisa zu ihrer Tante und Cousine zurück.

Als er morgens nach dem Frühstück an der Tür klingeln wollte, wurde diese aufgerissen und Lisa stürmte auf ihn zu und begrüßte ihn mit einem langen Kuss.

Leonie erschien auch an der Tür und erzählte, dass der Detektiv sich gemeldet hätte und in etwa einer Stunde vorbei kommen wolle. Angeblich hätte er viele Neuigkeiten zu berichten. Worauf jetzt alle sehr gespannt waren.

Einschließlich Kathi Schmieder hatten sich alle im Wohnzimmer versammelt. Endlich klingelte es an der Tür, Leonie sprang auf und öffnete. Vor ihr stand Herr Meyer. Alle überfielen ihn gleich mit Fragen, allen voran Kathi.

"Meine Herrschaften, lassen Sie mich doch erst mal hereinkommen, das geht nicht so zwischen Tür und Angel." Er setzte sich an den langen Esstisch zu den anderen und kam gleich zur Sache. Er hatte auch Bildmaterial mitgebracht, um seine Recherchen zu bestätigen. "Zuerst zu ihrer Vermutung, Herr Knapp", sprach er Marco an. "Sie hatten völlig recht, diese Frau heißt Renate Holz und treibt ein übles Spiel. Sie ist verheiratet und beide werden in ganz Europa gesucht. Es ist ein Gaunerehepaar. Er nimmt die Frauen aus und sie die Männer. Sie lässt sich teuren Schmuck schenken und Eigentumswohnungen überschreiben. Dann werden die Männer zum Teufel gejagt. Bis die merken, was los ist, ist die Wohnung und der Schmuck wieder verkauft und das Gaunerpärchen hat guten Gewinn gemacht. Der Mann macht es ähnlich, er sucht sich reiche Witwen aus. Ich habe ein Gespräch der beiden mit dem Richtmikrofon belauscht. Was sie jetzt mit Harald Schmieder abziehen, sollte die letzte Gaunerei sein, danach wollten sie sich nach Amerika absetzen. Die Finca sollte wieder verkauft werden und den teuren Schmuck von deinem Harald, Kathi, hat diese Frau schon zu Geld gemacht. Er hat ihr mehrere tausend Euro gebracht, er muss also aus Gold gewesen sein, denn zurzeit ist der Goldpreis ziemlich hoch."

"So ein Dreckskerl!", empörten sich Mutter und Tochter zur gleichen Zeit.

"Ich habe mich mit der Polizei abgesprochen, wir werden dem feinen Paar eine Falle stellen. Doch zuerst muss ich euch leider berichten, dass dein Mann, Kathi, plant, dieser Renate die Ferienwohnung zu überschreiben. Sie soll schon mal dorthin reisen und er käme nach. Er müsse erst noch die Angelegenheit mit seinem Vater regeln, aber das wäre sicher kein Problem. Da müsste jetzt bald das Gutachten vom Neurologen kommen. Er vertraut dieser Frau blind und will mit ihr seinen Lebensabend in Spanien verbringen. Das wird für ihn ein böses Erwachen geben. Um das zu verhindern, war ich bei deren Notar, den ich zum Glück gut kenne, da ich für ihn auch schon Aufträge erledigt habe. Er erzählte mir, dass die beiden übermorgen, also am Donnerstag, einen Termin zur Überschreibung der Finca hätten. Wir haben uns zusammen einen Plan ausgedacht. Da dieses saubere Gaunerpaar in ganz Europa gesucht wird, haben wir die spanische Polizei mit eingeschaltet, Herrn Schmieder lassen wir allerdings im Ungewissen. Denn so ganz ohne Strafe soll er auch nicht davon kommen. Ich hoffe, Kathi, das ist in deinem Sinne."

"Auf jeden Fall. Harald ist für mich gestorben, wenn alles vorüber ist, kann er seinen Koffer packen und ausziehen. Er kann dann in die Finca ziehen, die lasse ich ihm noch, da ist er mir wenigstens aus den Augen. Von mir sieht der keinen Cent mehr. Sowie alles vorbei ist beim Notar, lasse ich alle Konten sperren und mein Geld hole ich mir auch noch zurück." Sie ging ins Nebenzimmer und kam mit Banküberweisungsformularen und einem Schreiben zurück. "Seht mal, was ich heute Morgen im Geheimfach seines Schreibtisches gefunden habe. Er hat doch tatsächlich von ihm unterschriebene Banküberweisungsformulare hier gelassen. Die Kontonummer der ausländischen Bank und alles, was ich brauche, um mir mein Geld zurückzuholen, habe ich hier." Sie hielt das Schreiben der Bank hoch.

"Das ist wirklich ein Glücksfall für dich, liebe Kathi", meinte der Detektiv. "Da er Gelder veruntreut hat und das somit ein Straftatbestand ist, musst du ihm auch keinen Zugewinnausgleich zahlen. Das Hotel steht doch auf deinem Namen, oder?"

"Ja, das ist das Gute, ihm gehört praktisch nichts. Den ziehe ich aus bis aufs Hemd. In der Finca kann er dann sein karges Leben fristen und vielleicht noch mal an uns denken."

Leonie und Lisa staunten nicht schlecht, Kathi wurde immer mutiger, sie war nicht wieder zu erkennen. Vorher ließ sie sich immer von ihrem Mann unterbuttern und tyrannisieren.

"Ab sofort will ich mit diesem Lügner und Betrüger nichts mehr zu tun haben. Ich suche mir einen Rechtsanwalt und reiche die Scheidung ein."

"Das musst du dir mal vorstellen, Marco, Mutter und mir hat er den Moralapostel vorgespielt, dieser falsche Hund. Ich bin so froh, wenn der endlich verschwindet."

"Es ist sehr traurig, dass du das über deinen Vater sagen musst, liebe Leonie. Aber ich kann dich verstehen. Ich kenne ihn zwar noch nicht, aber bestimmt habe ich nichts versäumt. Mir wäre er auch kein guter Vater gewesen, dieser Vollpfosten, das weiß ich jetzt. Wenn ich nur daran denke, was er mit seinem eigenen Vater vorhat."

Lisa legte Marco den Arm auf die Schulter und sagte: "Vergiss ihn, Marco, er ist es nicht wert."

Für diese Geste war er sehr dankbar, zeigte sie doch, dass Lisa mit ihm fühlte. "Du hast recht, Süße, wir schauen jetzt nach vorne."

Der Detektiv fuhr fort: "Vor allem muss sicher sein, dass dein Mann nicht vorgewarnt wird. Alles, was in diesen Räumen gesprochen wurde, muss unter uns bleiben, sonst gefährden wir die ganze Aktion."

Es klingelte erneut an der Tür, der Postbote brachte einen Einschreibebrief für Harald Schmieder vom Amtsgericht, seine Frau nahm ihn in Empfang und zeigte ihn Marco.

"Das ist bestimmt das Ergebnis von Herberts Gutachten. Und das sage ich euch ist seine nächste Niederlage. Den Brief brauche ich nicht zu lesen. Ich weiß auch so, was drin stehen muss. Herbert ist nämlich so, wie ich ihn erlebt habe, voll zurechnungsfähig, Aber ich rufe gleich mal bei ihm in Frankfurt an. Er müsste auch schon das Ergebnis haben." Einige Minuten später hatte Marco seinen Opa Herbert an der Strippe. Dieser bestätigte ihm nochmals, was er schon gehofft hatte. Die Klage auf Vormundschaft wurde abgewiesen und Herbert als voll zurechnungsfähig eingestuft. Sein Sohn hatte den Kampf verloren, es wurde wohl nichts mit viel Geld aus dem Verkauf der Pension, denn von der Alters-WG, die sein Vater mithilfe seines Enkels aus der Pension ins Leben gerufen hatte, ahnte dieser noch nichts. Leonie wollte unbedingt auch mit ihrem Großvater reden und machte eine entsprechende Handbewegung. "Herbert, hier ist noch deine Enkelin, die unbedingt mit dir reden will." Am anderen Ende der Leitung wurde es still. "Herbert, bist du noch da?"

"Ja, Bub, ich bin jo ganz geriehrt, dass die mich spreche will." Marco gab Leonie sein Handy und ließ sie alleine.

Inzwischen verkündete Marco den anderen die gute Nachricht. Leonie kam zurück und reichte Marco sein Handy. Sie sah ganz glücklich aus. "Ach, Mutti, ich glaube, ich habe einen ganz lieben Opa, nur leider verstehe ich nicht alles, was er sagt. Er hat einen tollen Dialekt. Marco, den musst du mir noch beibringen. Aber dass Vater die Klage verloren hat, das geschieht ihm recht, ich will so schnell wie möglich meinen Großvater besuchen und ihn näher kennen lernen. Lisa und ich haben doch noch zwei Wochen Urlaub, dann müssen wir wieder arbeiten."

"Ich verspreche euch, dass ich bald mit euch nach Frankfurt zu Opa fahre. Ich möchte nämlich dort meinem Erzeuger den Rest geben. Ich werde ihm dort gegenübertreten und mich als sein Sohn vorstellen. Von dem Brief darf Harald erst erfahren, wenn die Tusse in Spanien und die ganze Aktion beendet ist."

"Ich werde ihn vor ihm verstecken", erklärte Kathi.

"In Frankfurt werde ich ihn dann über alles aufklären."

Alle waren sich einig und traten wie eine Familie auf. Marco spürte den Zusammenhalt, das machte ihn froh. Er hatte jedenfalls eine wunderbare Halbschwester dazu gewonnen. Und er hatte eine scharfe Braut bekommen. Was wollte er noch mehr? Er war rundum glücklich. Doch nun wollte er noch mehr über den Plan wissen, den Herr Meyer und die Polizei hatten.

"Also: Die Überschreibung findet statt, aber es werden viele Formfehler eingebaut, sodass dieser Renate das Schreiben überhaupt nichts nutzen wird und sie nicht als Eigentümerin daraus hervorgeht. Die Finca bleibt weiterhin Harald Schmieders Eigentum. Bis sie das richtig mitbekommt, ist es zu spät. Sie will bekanntlich sofort nach Erhalt nach Spanien fliegen. Ich werde überwachen, ob ihr Mann mitfliegt, denn ich kenne ihn. Harald kennt ihn aber nicht. Wenn es sich die beiden in dem Gebäude gemütlich machen wollen und feiern, schlägt die Polizei zu und das vielgesuchte saubere Paar wird verhaftet. Das bekommt dein Mann aber nicht mit, Kathi, denn der ist dann schon auf dem Weg nach Frankfurt. Mit viel Ärger im Gepäck, denn der will sicher noch retten, was zu retten ist. Er wird Herbert versuchen dazu zu bewegen, doch noch in ein Altersheim zu gehen. Dort wir ihn dann die große Überraschung erwarten, nämlich eine Alters-WG und einen Sohn, der ihm hoffentlich ordentlich die Leviten liest."

"Das ist mal Fakt! Dem Vollpfosten sage ich schon meine Meinung!", fauchte Marco.

Der Detektiv verabschiedete sich und versprach, sich wieder zu melden.

Lisa und Marco verbrachten den Nachmittag mit Leonie, deren Freund Florian und mit Kathi Schmieder. Leonie hatte ihrer Mutter gestanden, dass sie einen Freund hat. Die wollte ihn natürlich gleich kennen lernen. "Woher kennst du ihn denn?", fragte sie ihre Tochter.

"Ich kenne ihn aus dem Altersheim."

"Also, Leonie! Ich bitte dich!!"

"Aber Mutter", lachte Leonie, "er ist ein Arbeitskollege."

"Ach so, ich dachte schon, du hättest dich an einen alten Mann herangemacht."

"Sag mal, was denkst du denn von mir?"

Die anderen beiden sahen sich an und schmunzelten darüber. Als es wieder mal an der Tür klingelte, rannte Leonie in freudiger Erwartung hin und öffnete. Davor stand ein gut aussehender junger Mann, dunkelhaarig, groß, gepflegt, der einen netten Eindruck machte. Die beiden Männer verstanden sich auf Anhieb und unterhielten sich angeregt über ihre jeweilige Arbeit und über allgemeine Themen. Nach dem Abendessen gingen die zwei Paare zusammen spazieren.

Lisa wollte am kommenden Tag Marco ihren Eltern vorstellen. Sie sind zum Mittagessen eingeladen und die Eltern wären schon sehr gespannt auf ihre Partnerwahl.

Auch dieser Tag verlief sehr angenehm. Der junge Mann wurde mit offenen Armen in die Familie aufgenommen. Hatte seine kleine Kratzbürste doch recht, waren ihre Eltern froh, sie an den Mann gebracht zu haben? Wenn sie jetzt meine Gedanken lesen könnte! Nun wurde ihm jedenfalls klar, von wem sie die Direktheit hatte: von ihrem Vater. Der nahm nämlich kein Blatt vor den Mund.

"Mein lieber Junge, wenn du meine Tochter unglücklich machst, lernst du mich kennen, das sage ich dir", brummte er und Marco war sich darüber klar, dass er auch meinte, was er sagte. "Wann wird geheiratet? Bei uns werden Nägel mit Köpfen gemacht!"

"Wir wollen in zwei Monaten heiraten", schaltete sich Lisa ein. "Aber ich werde mit Marco in Nordhessen leben."

"Und deine Stelle als Arzthelferin gibst du so einfach auf?", fragte ihre Mutter.

"Lisa wird mir im Geschäft helfen, da gibt es immer was zu tun. Da sie bereits viel mit Menschen in Berührung gekommen ist, könnte sie gut meine Kunden betreuen. Aber nur, solange wir keine Kinder haben."

"So, so!", meinte Lisas Vater nur dazu.

Am nächsten Tag, es war Freitag, überstürzten sich die Ereignisse. Wie erwartet bekam Frau Schmieder einen Anruf von Harald, der seine Rückkehr für den Nachmittag ankündigte. Außerdem wollte er noch wissen, ob ein wichtiges Schreiben bei der Post gewesen sei. Kathi verneinte dies. Zum Glück war es erst früh am Morgen und die anderen konnten noch reagieren.

Marco überlegte: "Bevor dieser Kotzbrocken zurück ist, muss ich unbedingt schon weg sein. Leonie, was hältst du davon, wenn Lisa und ich mit dir nach Frankfurt zu Opa Herbert fahren?"

"Au ja, Marco, das ist eine gute Idee, da kann ich ihn doch gleich näher kennen lernen. Der würde sich riesig darüber freuen."

"Ich habe sowieso noch einen Anschlag auf dich und deinen Florian vor. Was würdest du sagen, wenn du mit deinem Freund die alten Leute in der Alters-WG betreuen würdest? Ihr bekämt einen Arbeitsvertrag, der auf jeden Fall besser ist als der im

Pflegeheim. Außerdem würdet ihr in eigener Regie arbeiten, ihr wärt euer eigener Herr. Und keiner macht euch Vorschriften. Ich würde euch beiden das zutrauen und wüsste die alten Herrschaften in guten Händen. Denn ihr seid ja außerdem noch gelernte Altenpfleger und das wäre besonders von Vorteil, wenn einer der Insassen erkrankt ist. Deshalb fahre mit und sieh' dir alles an, dann kannst du dich entscheiden. Du musst natürlich erst mit Florian darüber reden, und außerdem müsst ihr mit Opa und seinen Kumpanen auskommen. Das heißt, auch sie müssten ihr Okay geben. Aber ich versichere dir, das sind alles ganz nette Leute und besonders Opa ist spitze, er hat das Kommando in der Küche übernommen. Er ist nämlich gelernter Koch und das macht er vorzüglich, also würdet ihr auch immer gut bekocht werden."

"Das ist gar keine schlechte Idee von dir. Ich sehe mir alles an, dann spreche ich mit Florian. Sag mal, Lisa", wandte sie sich an ihre Cousine, "wann wollt ihr eigentlich heiraten? Flori und ich haben das nämlich auch vor, wir könnten doch eine Doppelhochzeit feiern. Was meint ihr dazu?"

"Das wäre ja klasse, Leonie!" Lisa war sofort Feuer und Flamme über den Vorschlag.

"Frage lieber erst mal deinen Schatz, bevor ihr beiden hier Pläne schmiedet. Ihr wisst nicht, ob ihm das recht ist."

"Ja, Marco, der muss natürlich einverstanden sein. Aber jetzt sehe ich mir erst einmal die Pension und seine Bewohner an."

Marco, Lisa und Leonie machten sich auf den Weg zu Herbert nach Frankfurt. Sie waren schon in der Innenstadt von Frankfurt unterwegs. Links und rechts säumte eine Parkanlage die Straße. Die Straße war vierspurig befahrbar und es herrschte reger Verkehr. Plötzlich bremste vor ihnen ein Auto, das in der Gegenrichtung ebenfalls. Es war nicht ersichtlich weshalb, denn es gab, weder Ampel noch Zebrastreifen. Zum Glück hatte jeder genug Abstand gehalten und keiner war zu schnell unterwegs. Lisa ließ das Seitenfenster herunter und schaute hinaus. Ihr fehlten erst mal die Worte.

Sie drehte sich zu Marco um. "Das glaubt ihr nicht. Da hoppelt ein kleines Kaninchen quer über die Straße. Gerade bleibt es in der Mitte stehen, als wenn es kurz verschnaufen wollte. Es dreht sich noch mal um und hoppelt jetzt weiter. Und alle Autos bleiben stehen, welch rührende Szene." Sie hatte Tränen in den Augen. Marco schaute sie fragend an, doch auch er hatte jetzt die Szene erfasst und auch ihn übermannte die Rührung.

Leonie schluchzte auf: "Das glaubt uns keiner, wenn wir das erzählen."

Alle warteten, bis der kleine Kerl endlich auf der anderen Seite war. Der Vorderste im Gegenverkehr winkte, als es das Kaninchen geschafft hatte.

"Lisa, das können wir mal unseren Kindern erzählen. Der kleine Kerl gibt jetzt bestimmt bei seinen Kumpeln an, wegen mir sind alle Autos stillgestanden, ich bin der Größte."

Wie auf Kommando klang aus dem Radio noch der passende Song dazu. Ein Oldie 'what a wonderful world' von Louis Armstrong.

"Wisst ihr, das sind Momente, die das Leben lebenswert machen. Wenn sich die Menschen immer so verstünden, wäre es gut."

"Da fällt mir ein, ich habe noch ein Gedicht in meiner Tasche, welches ich letztens in der Zeitung fand. Es passt hervorragend zu dieser Situation. Ich lese es euch mal vor.
Es heißt: „Unterm Apfelbaum":

> Neulich lag ich unter einem schönen, prachtvoll blühenden Apfelbaum und hatte einen Traum.
> Alle Menschen seien sich einig und es gäbe keine Kriege mehr.
> Keiner wäre neidisch oder voller Wut, alle lebten nach den zehn Geboten und alles wäre wieder schön und gut.
> Menschen quälten keine Tiere mehr.

Der Atomstrom und alle Waffen wären abgeschafft.

Wasser, Wind und Sonne, schenkten uns Wärme, Strom und Wonne.

Mit der Natur wären wir im Einklang jetzt, sie ist nun unser Gesetz.

Niemand hätte noch Angst vorm Supergau, alle sind in Brot und Lohn.

Doch leider war's das schon, ich bin wieder aufgewacht.

Der Traum ist aus. Die Bienen und Hummeln fangen im Baum wieder an zu summen.

Denn auch sie erfreuen sich an der schönen Apfelblütenpracht.

Und haben mich durch ihr Gebrumme wach gemacht.

Die Pferde grasen noch in meiner Nähe, stolz und schön, gerade so, wie ich sie gerne sehe.

Wäre es nicht schön, wenn alle Menschen sich verstehen?

Und die Natur zu neuem Glanz erwacht?

Unser aller Gott schuf diese schöne Welt, und er hatte alles sehr gut eingestellt.

Doch der Mensch in seinem Größenwahn griff ein und nichts mehr ist so, wie es sollte sein.

Mit Profitgier und Macht haben wir alles fast kaputt gemacht.

Ich wünsche mir, dass alles wieder wird, wie es mal war.

Sonst ist der schöne, blühende Apfelbaum auch bald nicht mehr da.

Nach diesem rührenden Erlebnis und dem Gedicht, welches Leonie vorgelesen hatte, herrschte Stille im Auto. Jeder hing seinen eigenen Gedanken nach.

"Jetzt sind wir gleich da", unterbrach Marco die Stille. Auch er war noch von dem Erlebnis und dem Gedicht ergriffen. Und hatte einen Augenblick gebraucht um in die Gegenwart zurückzufinden. Er parkte direkt vor der Pension. Er holte Charly aus dem Auto und steuerte mit den anderen auf die Eingangstür zu. Der Rüde schnupperte am Mauerwerk und hob gleich mal das Bein, um zu markieren. Das war seine Begrüßung der Pension. Marco musste lachen. Leonie und Lisa besahen sich den Bau etwas genauer.

"Das sieht aber gemütlich aus!"

"Ist es auch, wartet mal, bis ihr die Zimmer gesehen habt." Marco klingelte und schlurfende Schritte kamen immer näher. Herbert öffnete.

"Och, ei Bub, bin ich froh, das de wieder do bist. Ja wen hast du dann do mitgebracht?"

Opa und Enkel umarmten sich herzlich. "Opa, das ist Leonie, deine Enkelin."

Herbert hatte Tränen in den Augen "Kerl, was fer schee Mädche du bist, also die Dochter von moim missratene Sohn. Kumm, lass dich emol drigge."

Leonie musste gut aufpassen, damit sie alles verstand, was er sagte. Manchmal schaute sie ratlos zu Marco, der musste lachen. "Ja, seinen Dialekt musst du schon noch lernen, Leonie."

Opa Herbert lachte mit. "Mir werrn uns schon noch verständige, Leonie, gell?"

110

"Und hier Opa ist meine scharfe Braut, von der ich dir am Telefon schon erzählt habe."

"Kerle, Kerle, ei Bub, du host mer net zu viel versproche, die is ja werklisch dufte."

"Hallo, ich bin Lisa", stellte die sich lächelnd vor und streckte ihm die Hand entgegen.

"Genuch begrießt, jetzt kummt ihr erst emol herein."

"Sind Oma Sieglinde und Franz noch da?"

"Nein, die sinn schun wirrer abgereist. Ja, wen host du dann do noch mitgebracht?"

Auch Charly hatte nun seinen Auftritt. Er sprang an dem alten Herrn hoch und wedelte freudig mit seiner Rute. "Ach, was is des jo e lieb Vieh." Herbert streichelte ihn. "Na, du basst noch in unser Runde, do werrn sich die annern awwer freue. Des sinn nämlich alles Hundeliebhaber. Ja, Maggo, um noch emol uff doi annern Großeldern zurück zu kumme: Nachdem der Seelenklempner do war, sinn die abgereist. De Franz hat mich gut unnerstützt bei dem Gespräch mit dem Gutachter."

"Opa, das ist ja zum Glück gut ausgegangen."

"Ja, wos e Glieck, ich freue mich schun uff dem Harald soi bleed Gesicht, wenn der des erfährt."

Die beiden Frauen und der Hund wurden mit den anderen Hausbewohnern bekannt gemacht und dann gab es eine Führung durch alle Räume. Lisa und Marco suchten sich für die Nacht ein Doppelzimmer und Leonie ein Einzelzimmer aus.

Die beiden Frauen staunten nicht schlecht, vor allem Leonie. Hier war alles altersgerecht eingerichtet, sogar an einen Treppenlift war gedacht worden.

Die Nasszellen waren behindertengerecht ausgerichtet. Einfach klasse.

"Opa, war das alles schon so?"

"Ach nein, Leonie, de Maggo hot das alles ummodele losse. Damit moi Kumpel un ich eine Alters-WG uffmache konnte."

"Das ist einfach großartig!" Leonie ging auf Marco zu. "Lass dich umarmen!"

Marco überkam die Rührung. Zum ersten Mal umarmte er seine Schwester. "Ach, Schwesterchen, das war es mir wert, du hättest Opa mal vorher sehen sollen. Kraftlos und resigniert stand er vor mir und nach all dem ist er richtig aufgeblüht. Er hat wieder Lebensmut geschöpft und ist froh, dass er jetzt wieder eine Aufgabe hat."

Da es Essenszeit war, ging Opa Herbert wie nicht anders zu erwarten, in seine Küche und zauberte mit Hilfe von Gerhard ein einfaches aber schmackhaftes Essen.

Alle hatten sich am Esstisch versammelt und ließen sich das Essen munden. Als alle fertig gespeist hatten, kam Marco gleich zur Sache. "Hört bitte mal alle her. Leonie hat einen Freund und beide haben den Beruf der Altenpflege gewählt. Was haltet ihr davon, wenn die beiden euch betreuen und immer für auch da sind? Auch wenn ihr mal bettlägerig erkrankt seid und nicht mehr aus euerm Bett kommt. Ihr müsst natürlich den Florian noch begutachten, ob die Chemie zwischen euch stimmt. Aber ich habe da überhaupt keine Bedenken, dass ihr zusammen auskommt."

Herbert meldete sich zuerst zu Wort. "Ei, Maggo, das wär jo subber. Da hätt ich moi Enkeldochter bei mir. Awwer, Leonie, du bist schun anders als dein Vadder, oder?"

"Opa, ich finde meinen Vater zum Kotzen, besonders, als ich noch gehört habe, was er mit dir und der Pension vorhat. Er hat mir und Mutter sogar verschwiegen, dass du noch lebst. Und hat uns immer in dem Glauben gelassen, dass seine Eltern schon lange tot wären."

"Wie jetzt, der hot mich euch unnerschlaache? Des is e Ding. Der is noch schlimmer als ich gedacht hab." Opa wurde plötzlich weiß wie die Wand, griff sich an sein Herz und stöhnte: "Kinner, mir is gonz komisch."

Marco reagierte zuerst: "Komm, Opa, leg' dich erst mal einen Augenblick auf dein Bett und ruhe dich aus."

"Lege ihm die Füße hoch!", rief Leonie noch hinterher. Das war scheinbar doch alles zu viel für den alten Mann. Nach einiger Zeit hatte er wieder etwas Farbe im Gesicht und es ging ihm besser. Marco saß an seinem Bett, er war bei ihm geblieben.

"Waaste, Bub, dass der mich für tot erklärt hot bei seiner Familie, des hot mich doch umgehaue, des is e starkes Stück." Er wischte sich schnell die Tränen aus den Augen, die ihm sonst die Wangen heruntergelaufen wären. "Der hot mich einfach sterbe lasse, des muss mer sich emol überlesche."

"Ach, Opa rege dich nicht mehr darüber auf, du hast doch jetzt Leonie und mich, deine Enkelkinder. Ist das nicht schön? Vergiss ihn einfach."

"Ja, un des is aach gut so, wos wär ich ohne euch."

"Dir geht es wieder besser, da kann ich dich noch weiter über Harald aufklären." Er erzählte ihm, was dieser alles vorhatte und welche Aktionen gegen ihn durch einen Detektiv liefen. "Durch die Überwachung des Detektivs kennen wir jeden Schritt von ihm und wissen immer, was er vorhat. So können wir stets schnell reagieren. Wahrscheinlich wird er in den nächsten Tagen hier bei dir auftauchen. Er will dir bestimmt einreden, du könntest nicht mehr alleine bleiben und solltest in ein Altersheim gehen. Der wird aber über die Verwandlung der Pension staunen und mich dafür verantwortlich machen, wenn er erfährt, dass ich sein Sohn bin und mich um dich gekümmert habe."

"Waaste, Maggo des tut mir rischdich gut, dass ich dem emol eins auswische konn. Endlich bin ich net mehr so hilflos un kann mich wehrn gesche den."

"Hattest du etwa Angst vor ihm?"

"Junge, du kennst den noch net, moi Fraa war genauso."

"Also nun hast du jedenfalls durch Leonie, Lisa und mich Unterstützung. Meine Mutter Miriam, die kennst du ja, hatte mich vorgewarnt und war gar nicht begeistert, dass ich meinen Vater suchen wollte. Manchmal denke ich, vielleicht hatte sie ja recht. Doch dann hätte ich dich und meine Schwester nie gesehen und das wäre wiederum schlimm."

"Ja, ja, und fer mich erst, Maggo, da wär ich jetzt im Altersbunker."

"So, Opa, komm, lasse uns zu den anderen zurückkehren. Die hast du ganz schön erschreckt, als du umgekippt bist."

Alle waren froh, als er wieder putzmunter vor ihnen stand.

Leonies Handy klingelte. Sie ging dran. "Es ist Mutter, die hat mir einiges zu berichten. Ich gehe ins Nachbarzimmer."

"Ja, mach des, moi Mädche, da kannst du in Ruhe spreche."

Nach etwa 20 Minuten kam sie zurück. "Kinder, ich habe Neuigkeiten. Stellt euch vor: Mein Vater hat meiner Mutter endlich gesagt, dass er sie verlässt und die Scheidung will. Er hätte eine schöne junge Frau gefunden und sich unsterblich in sie verliebt, mit der wollte er seinen Lebensabend verbringen."

"Das hätte ich Onkel Harald nicht zugetraut, ich dachte, der verschwindet feige sang- und klanglos aus dem Leben meiner Tante."

"Ich schätze mal, Lisa, dass der morgen hier auftaucht. Mutter hat erzählt, dass er wutentbrannt aus dem Zimmer gerannt ist, nachdem er das Schreiben vom Amtsgericht gelesen hatte. 'Na der kann was erleben, das wollen wir doch mal sehen', hätte er noch geschrien. Erstaunt wäre er gewesen, dass Mutter im viel Glück mit seiner neuen Flamme gewünscht hätte. Er hätte verwundert gefragt, ob sie ihn nicht zurückhalten wolle. Sie hat geantwortet, dass sie seinem Glück nicht im Wege stehen will."

"Zum Glück hat Tante Kathi sich nicht verraten und ziemlich cool reagiert", meinte Lisa.

Leonie fuhr mit ihren Neuigkeiten fort. Der Detektiv hätte sich meldet und berichtet, dass sich das Ehepaar schon dort eingenistet hat. Die Polizei hätte den Plan ihres Vorgehen geändert. Um das Betrügerpaar auf frischer Tat zu ertappen, wollten sie Harald jetzt als Lockvogel benutzen. Denn so wütend, wie der war, würde er erst in Frankfurt erscheinen und dort alles klären wollen. Ja, sie hätte schon das Bild vor sich, wenn er in Spanien ankommt und von seiner Flamme mit einem Mann begrüßt wird. Die wird ihm den dann sicher als ihren Ehemann vorstellen und ihn, da die Finca jetzt ihr gehöre, hinauswerfen. Die hat bestimmt schon seine Habseligkeiten gepackt und die stehen bereit für ihn. Er wird erst mal schockiert sein, denn er ist ja der Meinung, sie wartet mit Sehnsucht auf ihn. Dann wird ihm einfallen, dass das Gebäude jetzt auf ihrem Namen steht.

"Das gibt ihm sicher noch den Rest, den trifft der Schlag!", freute sich Lisa.

"Er sieht alle seine Felle davonschwimmen. Des geschieht dem recht", steuerte Opa bei.

"Ja, Herbert, dann kommt die Polizei ins Spiel, die beobachten nämlich das Gebäude Tag und Nacht, damit ihnen das saubere Paar nicht durch die Lappen geht. Sowie Harald dort eintrifft, ihn die beiden aus der Finca werfen und ihm seine Habseligkeiten vor die Tür stellen, schlagen sie zu. Das Betrügerpaar wird verhaftet. Harald wird daran zu knabbern haben, wenn er erfährt, dass seine Angebetete eine verheiratete Frau ist und das Paar in ganz Europa gesucht wird. Am schlimmsten wird für ihn sein, dass er auf so eine Frau hereingefallen ist. Die Polizei wird ihm dann mitteilen, dass die Überschreibung nur vorgetäuscht war, um das Gaunerpaar zu schnappen. Er wurde ohne es zu wissen als Lockvogel benutzt. Das wird ihn wieder kränken. Und wenn er dann noch sein ausländisches Konto überprüft und feststellen muss, dass alles Geld, welches er veruntreut hat, wieder auf das Konto seiner Frau zurückgeholt wurde, ist er am Boden zerstört, er wird sich schwarz ärgern. Mutter hat nämlich dank seiner Dummheit den ganzen Batzen Geld wieder auf ihr Konto schreiben lassen und alle Konten gesperrt." Leonie war jetzt doch die Aufregung über das Telefongespräch anzusehen.

"Och, ei Kinner, ich kenn mich gor net mehr aus, ich versteh immer nur Bahnhof."

"Ja, Herbert, ich hatte dir ja schon einiges erklärt, so verwirrend ist das gar nicht. Ganz einfach: Harald hat diesmal Pech gehabt, jetzt bezahlt er für alles, was er dir, meiner Mutter, mir, Leonie und ihrer Mutter je angetan hat."

Nachdem sich die Tischrunde aufgelöst hatte und die Frauen noch Opa in der Küche zur Hand gegangen waren, beschloss das verliebte Paar noch einen Bummel auf der Zeil in Frankfurt zu machen. Marco lotste sie zu einem Juwelier.

"Was willst du denn hier?"

"Ganz einfach, mein Schatz. Wir suchen uns hier die Ringe aus."

Lisa war freudig überrascht und fing vor Aufregung wieder mal an zu stottern. "Aber ..., aber..., Schatz, Marco, das ist ja toll. Ich bin einfach nur glücklich!" Sie warf sich ihm an die Brust und er umfing sie mit seinen starken Armen. Sie drückte sich ganz fest an ihn. Er gab ihr einen Kuss.

"Auf geht's!" Sie betraten den Juwelierladen und wurden freundlich begrüßt. Der Juwelier präsentierte ihnen wunderschöne Verlobungsringe, einer schöner als der andere. Lisa konnte sich zunächst nicht entscheiden, doch dann fiel ihr einer ins Auge. "Was hältst du von diesem Ring?"

Marco staunte über ihren guten Geschmack, denn auch er hatte sich schon insgeheim für den selben entschieden. Die Ringe passten wie angegossen und beide behielten sie gleich an.

"So, Lisa, jetzt suche dir noch einen schönen mit einem Stein aus. Das ist das Verlobungsgeschenk von mir."

Sie hatte wirklich einen guten Geschmack, das musste man ihr lassen. Aber immer wieder schielte sie zuerst auf den Preis. Als der Juwelier damit beschäftigt war neue Ringe zu holen, flüsterte er ihr ins Ohr: "Schau nicht auf den Preis, suche dir aus, was du willst." Sie entschied sich dann für einen goldenen mit einem eisblauen echten Stein. Nachdem Marco mit seiner Kreditkarte bezahlt hatte, gingen sie Hand in Hand zurück in die Pension.

Dort wurden sie schon sehnsüchtig erwartet. Leonie bemerkte sofort den Ring an Lisas Hand. "Uuii, Lisa, der ist aber schön."

"Ja, Leonie, jetzt sind wir offiziell verlobt."

"Och, ei Kinner, das misse mir awwer feiern", mischte sich Herbert in das Gespräch ein. Auch er bewunderte den Ring. "Ich hab noch Sekt im Kiehlschronk, kumm, lasst uns feiern."

Alle stießen auf das Wohl des Paares an. "Bub, da habt ihr awwer scheene Ring gekaaft", meinte Opa. Es wurde gelacht und gescherzt und Marco erzählte Opas Kumpanen wo und wie sie sich zum ersten Mal getroffen haben. Lisa indes wurde immer ruhiger. "Bist du müde, Schatz, du bist so ruhig?"

Lisa gähnte. "Ach ja, ich bin müde, ich glaube, ich gehe in mein Bett."

"Da komme ich natürlich mit. Mal sehen, was der morgige Tag uns bringt."

Charly hatte es sich in einem Körbchen, das Marco für ihn gekauft hatte, gemütlich gemacht. Die anderen waren beschäftigt, so konnten sie sich unbemerkt davonstehlen. Sie gingen ins obere Stockwerk in ihr Zimmer. Lisa schloss die Tür und schnappte sich ihren Schatz. Endlich waren sie alleine.

"He, du bist mir vielleicht eine, du hast deine Müdigkeit wohl nur gespielt, oder?"

"Ja, ja, ich will endlich mit dir alleine sein!"

"Aber ich doch auch, kleine Wildkatze."

Das Spiel der Liebe, welches im Unterstand seinen Anfang genommen hatte, fand seine Fortsetzung. Eng umschlungen schliefen sie schließlich vor Übermüdung ein. Lisa freute sich schon darauf, morgens neben diesem attraktiven Prachtkerl aufzuwachen.

Sie wurde durch einen Kuss von ihm geweckt. "Hallo, Schatz, wach' auf, ich habe gerade eine SMS von dem Detektiv auf mein Handy bekommen. Angeblich ist mein Erzeuger schon auf dem Weg nach Frankfurt. Lass uns duschen, dann machen wir uns salonfähig und gehen frühstücken. Wie ich Großvater kenne, hat er schon etwas vorbereitet. Wir müssen auf alles gefasst sein, wenn dieser Vollpfosten kommt und vor allem müssen wir uns um Herbert kümmern."

"Das kannst du laut sagen, du kennst ihn ja noch nicht. Ich schon. Mich kann er auch nicht besonders gut leiden, ich würde nämlich seiner Tochter Flausen in den Kopf setzten, sagt er immer zu mir. Ich gebe ihm halt immer Kontra und lasse mir von ihm nichts gefallen. Du weißt ja, wie ich bin, ich kann mein Mund nicht halten, wenn mir etwas gegen den Strich geht."

"Ja, du kleine Kratzbürste, das liebe ich so an dir. Du bist das Salz in meiner Suppe, dich hat man besser nicht zur Feindin."

Gegen 9.00 Uhr kamen sie im Esszimmer an. Und wie nicht anders zu erwarten, konnten sie sich an den gedeckten Tisch setzen. Herbert war wieder in seinem Element.

"Aber wir können uns unser Frühstück doch auch selber machen, Opa."

"Mädsche, willste mich beleidische?"

"Nein, nein, um Gotteswillen, ganz bestimmt nicht."

"Na also, dann setzt dich hie un esse."

Sie hatten gerade ihr Frühstück beendet, als es klingelte. Herbert schlurfte zur Tür. "Opa, ich halte mich erst mal etwas zurück, wenn es Harald ist. Er soll mich nicht gleich sehen. Mal sehen, wie er sich dir gegenüber verhält."

"Wer is dann do?"

"Ich bin es, dein Sohn Harald."

Schnell zogen sich Marco, Lisa und Leonie in ein Versteck zurück, wo sie aber trotzdem noch alles hören konnten, was gesprochen wird.

Herbert öffnete die Tür und sein Sohn trat ein. Er sah sich erstaunt um. "Was ist denn hier passiert? Hast du etwa in deiner Schusseligkeit dein gutes Geld in diesen alten Kasten gesteckt? Du weißt doch, dass du in ein Altersheim gehen sollst und die Pension ver-kauft wird. Auch wenn die Vormundschaftsklage ab-gelehnt worden ist, kommst du ums Altersheim nicht herum, dafür werde ich schon sorgen. Ehe du mir noch die Bude hier abfackelst und sie nicht mehr zu verkaufen ist." Er sah seinen Vater jetzt zornig an.

"Zuerst emol 'Guten Morgen', des saacht mer nämlich, wenn mer irgendwo noikimmt. Des is näm-lich Anstand, awwer den hast du net."

"Quatsch nicht so dumm! Was geht hier vor? Was soll das alles?"

"Vielleicht kann ich alles aufklären?" Mit diesen Worten trat Marco aus seinem Versteck hervor. Harald drehte sich herum, sie standen sich jetzt Auge in Auge gegenüber. Er erschrak, musste sich an der Wand abstützen und griff sich ans Herz. "Das gibt es nicht, wer sind Sie?"

"Das ..., das ... bin ich in jungen Jahren, so wie Sie vor mir stehen", stammelte er.

"Ja, ich bin Ihr Sohn, Herr Schmieder, da staunen Sie, was? Leider sehe ich Ihnen sehr ähnlich."

Harald hatte sich wieder gefasst und schrie los: "Du Bastard! Was hast du hier zu suchen? Wer bist du?"

"Ich heiße Marco Knapp, bin 28 Jahre alt und dein leiblicher Sohn."

"Ha, ha, beweise es mir."

"Nichts leichter als das." Er zog den Vaterschaftstest aus seiner Jacke und hielt ihm das Schreiben unter die Nase. "Hier, du Vollpfosten, du hast meine Mutter Miriam Braun vor 28 Jahren sitzen lassen, als sie schwanger wurde. Bevor du wieder gehst, unterschreibst du hier, dass du den Vaterschaftstest und mich als deinen leiblichen Sohn anerkennst. Ich verzichte auf nachträgliche Unterhaltszahlungen für 18 Jahre, auch das steht hier. Les' es dir durch und unterschreibe!" Er drückte ihm einen Kugelschreiber in die Hand. "Ansonsten gehe ich vor Gericht und strebe eine Vaterschaftsfeststellungsklage an."

"Nein, das gibt es doch nicht, ich dachte sie hätte das Balg abgetrieben, wie wir es besprochen haben. Und jetzt willst du mich auch noch erpressen?"

"Ach ja, ich sollte abgetrieben werden? Wäre ja auch superbequem gewesen für dich. Meine Mutter hat zum Glück nicht auf dich gehört."

"Und du Bastard mischst dich nun in mein Leben ein. Willst du etwa noch Geld für die 18 Jahre Unterhalt, oder was willst du?"

"Ich habe dir gesagt, lies dir das Schriftstück durch und unterschreibe."

"Gib schon her." Er las sich den Wisch durch und unterschrieb dort, wo Marco es ihm zeigte.

"Also muss ich dir keinen Unterhalt für die 18 Jahre mehr nachbezahlen."

Das Geschrei der beiden konnte sich der kleine Terrier nicht mehr länger mit anhören. Er stürzte mit lautem Gebell und Knurren auf Harald zu und sprang an ihm hoch.

"Was ist den das für ein Köter? Hilfe!!!" Er holte zum Schlag aus und wollte den kleinen Kerl treffen. Marco konnte Charly gerade noch rechtzeitig zurückziehen. Die Hand traf ins Leere.

"Du Vollpfosten, wag' nicht, meinen Hund zu schlagen, der kann nämlich Streit nicht vertragen und lautes Geschrei schon gar nicht."

Charly fletschte die Zähne und knurrte Harald weiter an. Opa nahm ihn Marco ab, brachte ihn in ein entferntes Zimmer und schloss die Tür hinter sich zu.

"Damit du es weißt: Von dir will ich keinen Cent. Ich wollte eigentlich nur meinen Vater kennen lernen, aber er stellt sich, wie ich mir bereits dachte, als Kotzbrocken heraus. Das hast du nun bewiesen. Ich wollte dir eigentlich sagen, was ich von dir halte, aber den Namen Vater hast du gar nicht verdient."

"Ja, das sehe ich genauso!", meldete sich Leonie nun noch zu Wort.

Harald erschrak aufs Neue. "Was machst du denn hier?", schrie er sie an.

"Was ich hier mache, willst du wissen? Ich habe endlich erfahren, dass ich noch einen Großvater habe. Du hast ihn mir und Mama unterschlagen! Pfui Teufel, was bist du nur für ein Sohn und Vater. Wie gerne wäre ich in den Ferien zu meinem Opa gefahren, wenn ich gewusst hätte, dass es ihn gibt."

"Dann habe ich diesen Schlammassel wohl euch beiden zu verdanken?"

"Zum Glieck habe ich jetzt Enkelkinner, die sich um mich kimmern", mischte sich Opa ein.

"Und du gehst jetzt besser!" Lisa erschien nun auch noch, was das Fass bei Harald zum Überlaufen brachte.

"Ach nee, die Lisa ist auch mit von der Partie, das hätte ich mir denken können. Du hast das wohl alles ausgeheckt, oder?"

"Lass' meine Braut aus dem Spiel!"

"Deine Braut? Habt ihr euch jetzt alle gegen mich verschworen? Ich sage euch: Dieser alte Trottel fackelt euch irgendwann die Bude ab, dann guckt ihr blöde aus der Wäsche. Leonie, du kannst ihm den Arsch abputzen, wenn er im Bett liegt, hast es ja gelernt."

"Vater, es reicht, was bist du nur für ein Mensch. Nach außen hin spielst du den Moralapostel und dann gehst du so mit deinem Vater um. Ich schäme mich für dich, geh' endlich und verlass' das Haus."

"Des is sowieso des Beste, also hau ab un lass dich bloß net mehr hier blicke. Du hast ab sofort Hausverbot." Sein Vater baute sich vor ihm auf und dirigierte ihn zur Tür. "Du bist wie doi Modder, genauso egoistisch."

"Lass bloß Mutter aus dem Spiel, der kannst du nicht das Wasser reichen, du armer Wicht."

Jetzt hatte Herbert die Nase voll und schrie: "Geh mir aus de Aache!!"

"Das hat ein Nachspiel, das sage ich euch. Ich klage mein Erbteil ein, davon kannst du ausgehen, Vater."

"Nach dem Theater werd ich dich enterbe."

Marco dirigierte seinen Erzeuger zur Tür, er hatte nämlich gemerkt, dass der alte Mann kurz vorm Umkippen war. "Hau ab!! Ich werde mich um Großvater kümmern und sein Vormund sein, wenn es notwendig ist." Er donnerte die Tür hinter ihm zu.

Er fand Opa weinend am Küchentisch sitzen, Lisa und Leonie versuchten, ihn zu beruhigen.

"Naa, naa, es is net zu fasse, dass des moin Sohn is. Awwer ich bin aach schuld, ich hett mich mehr um ihn kimmern misse. Ich hett die Fraa erst gor net heirate solle. Zu spät hab ich gemerkt, was des fere Aas is."

"Opa, sei froh, dass die Fronten jetzt geklärt sind."

"Wisst ihr was?", meldete sich Leonie, "der könnte eigentlich froh sein, dass wir ihm indirekt geholfen haben. Denn hätten wir den Detektiv nicht eingeschaltet, wäre er sein Haus in Spanien auch noch los. Dankbar müsste der sein, aber vielleicht merkt er es noch, denn noch weiß er nichts davon."

"Bub, ich telefonier gleich emol un mach en Termin aus. Mir gehje morgen zu meinem Notar un

127

klärn die Verhältnisse, bevor der Harald was unner-
nemme kann."

"Opa, wie meinst du denn das?"

"Du un Leonie, ihr sollt moi Pension emol
erbe. De Harald enterb ich, der bekimmt allerhechs-
tens soi Pflichtteil. Des werd ich dem üwwerweise.
Doi Mutter hat doch die Bankverbindung von
Spanien, oder?" Er sah Leonie fragend an.

"Ja, ja, Opa, die hat sie."

"Na also, dann mache mir Näschel mit Köpp."
Opa hatte sich wieder beruhigt und Marco machte den
Vorschlag, später mit Lisa Richtung Nordhessen fahren zu wollen. Er möchte seiner Mutter, die noch bei
Franz und Sieglinde weilte, Lisa als seine Braut vorstellen. Dort würden sie auch den Hochzeitstermin
festlegen.

"Leonie, ich rufe dich an und gebe dir Bescheid, wann wir heiraten, vielleicht klappt es ja doch
noch mit der Doppelhochzeit."

"Gut, Marco, so verbleiben wir und ich rufe
Florian an und bitte ihn, hierher zu kommen. Marco,
ich möchte aber in meiner Heimat heiraten."

"Ja, das ist klar, Lisa will ja auch dort heiraten.
Vielleicht könnten wir in eurem Hotel feiern?"

"Ja, das ist eine gute Idee, da würde sich auch
Mutter sehr freuen. Übrigens ihr geht es nach der ganzen Aufregung gut, sie hat die Unterstützung von ihrem treuen Freund Martin, er kümmert sich um sie.
Also kann ich beruhigt noch ein Weilchen bei Opa
bleiben."

"Und ich könnte beruhigter abfahren", meinte
Marco.

Nach dem Notartermin, der zu Opas vollster Zufriedenheit verlief, packten sie ihren Koffer, nahmen Charly und gingen zum Auto, nicht ohne sich vorher von allen verabschiedet zu haben.

"Bub, ich hoff, dass de bald wirrer emol vorbeiguckst."

"Versprochen Opa, wir kommen dich immer mal besuchen."

Lisa ließ den Hund ins Auto und stieg dann selbst neben Marco ein. "Ich gespannt auf deine Großeltern und deine Mutter."

"Sie werden dich mögen, weißt du auch warum? Weil du nicht so eine überkandidelte Tusse bist. Sie sind nämlich ganz einfache, arbeitsame Leute, obwohl sie sehr reich sind."

"Ach, Marco, dein Reichtum macht mir schon ein wenig Angst."

"Das braucht es nicht, Schatz."

Sie winkten noch einmal allen zu und dann ging es Richtung Nordhessen. Marco hatte sein Navi wieder programmiert und das Autoradio eingeschaltet. Immer wieder warfen sie sich verliebte Blicke zu.

"Lisa, Lisa, ich kann es immer noch nicht fassen, da suche ich meine Wurzeln und finde dich, meine scharfe Braut, eine Schwester und helfe noch Gauner zu entlarven. Alles in den knapp zwei Monaten. Gründe eine Alters-WG für Opa und überwache und organisiere noch die Umbauten in der Pension. Und bin außerdem mit Leonie zusammen noch Mitbesitzer dieses Gebäudes."

"Ja, du Prachtexemplar von einem Mann, du bist eben etwas ganz Besonderes. Als ich am Straßenrand stand und du ausgestiegen bist, dachte ich noch ohje, ein Edelfuzzi, oberflächlich und hohl, aber du hast mich angenehm überrascht. Du warst so natürlich und offen, genau wie ich selbst auch bin, die Chemie hat von Anfang an gepasst zwischen uns beiden. Und jetzt freue ich mich, unser Zuhause kennen zu lernen. Denn deine Wohnung ist dann auch meine. Darf ich eigentlich etwas verändern, wenn mir was nicht gefällt?"

"Na klar, du sollst dich wohl fühlen bei mir, es soll deine neue Heimat werden."

Mittlerweile waren sie nicht mehr weit vom Ziel entfernt.

"Ach, Marco jetzt habe ich doch Muffensausen. Ob die mich auch mögen?"

"Die werden dich wie eine Tochter beziehungsweise Enkeltochter lieben, glaube mir."

Das schöne alte Fachwerkhaus und die Möbelfabrik kamen in Sicht. "Ist das dein Zuhause?"

"Ja."

"Das ist aber groß."

Marco parkte sein Auto vorm Haus und schon ging die Haustüre auf und seine Mutter kam heraus.

"Ach, Junge!", sie kam mit ausgestreckten Armen auf ihn zu, "bin ich froh, dich wieder zu sehen. Wen hast du denn da mitgebracht?"

Lisa stieg aus dem Auto und ging auf ihre zukünftige Schwiegermutter zu.

"Mama, das ist meine Braut Lisa Niedermeyer."

"Guten Tag, ich würde sagen, wir duzen uns, Lisa, ich heiße Miriam, du kannst mich aber auch

Mutter nennen wie Marco." Sie umarmte Lisa innig. "Kommt herein, Oma und Opa warten schon sehnsüchtig."

Franz war dann auch der Erste, der die beiden begrüßte.

"Ach je, ich muss noch Charly aus dem Auto befreien. Ich habe euch doch erzählt, dass ich praktisch über Nacht auf den Hund gekommen bin."

"Hol' ihn her, den kleinen Kerl."

Marco ließ Charly aus dem Auto und ging mit ihm zu den anderen. In der Zwischenzeit hatte sich Lisa mit Opa und Oma Sieglinde bekannt gemacht. Sie unterhielten sich und lachten miteinander. 'Na also, wusste ich es doch. Lisa ist die richtige Wahl, die kommt mit jedem aus', dachte Marco.

Franz nahm ihn zur Seite. "Bub, des hoste gut gemocht, würde jetzt Oma Lina sagen und ich schliesse mich an. Halt sie nur gut fest und heirate sie so bald wie möglich. Sie ist ein Prachtmädel und passt sehr gut hierher."

"Ja, ich bin auch sehr glücklich. Franz."

Lisa wurde also herzlich in den Familienverband aufgenommen. Abends saßen sie zusammen und legten den Hochzeitstermin fest.

"Lisa", fragte Miriam, "musst du nicht auch noch deinen Job kündigen?"

"Ich habe schon in der Arztpraxis Bescheid gegeben und die suchen bereits eine Nachfolgerin."

"Dann wäre das auch geklärt", lobte Marco.

"Ich rufe Leonie an und gebe ihr den Termin durch."

"Ja, mach' das, Lisa."

Nach einiger Zeit kam Lisa zurück und verkündete: "Also auch Leonie und Florian gefällt der Termin und wir haben beschlossen, in meiner Heimat zu heiraten, was nun wiederum heißt, dass wir bald wieder nach Bayern fahren müssen. Leonie klärt schon mal alles mit dem Pfarrer und Standesamt. Wir wollen dann zusammen unsere Brautkleider kaufen."

Lisa und Marco zogen sich in ihr eigenes Reich zurück. "Bei dir ist es sehr schön, die Möbel sind klasse."

"Die habe ich alle selbst entworfen und getischlert."

"Wow! Du bist einfach spitze, hier kann ich nichts besser machen, es soll alles so bleiben, wie es ist."

"Dann verstehen wir uns wieder mal. So, jetzt ab in die Koje mit dir."

"Du willst mich wohl schon wieder verführen?"

"Genau das habe ich vor."

Die folgenden drei Tage verbrachten sie noch in Nordhessen Lisa lernte die Leute in der Fabrik kennen und versuchte sich mit Kundengesprächen, was ihr sehr gut gelang. Da sie immer freundlich war, kam sie gut an bei ihnen.

Soweit war alles geklärt, Marcos Mama war wieder nach Hamburg gereist, mit der Bitte, dass er bald mit seiner Braut bei ihr und John vorbeikommt, denn auch er will sich mit Lisa bekannt machen.

"Ja, Mutter, wir kommen noch vor der Hochzeit bei euch vorbei, versprochen."

Sie waren wieder auf dem Weg zum kleinen Landhotel in Bayern.

Dort angekommen wurden sie gleich von Leonies Mutter empfangen. "Hört zu, ich muss euch unbedingt etwas erzählen." Sie bat beide herein und erzählte, wie es mit Harald weitergegangen war. Denn sie hatten nach dem Auftritt bei Opa Herbert nichts mehr über ihn gehört. "Also gebt acht: Herr Meyer, der Detektiv, ist extra nach Spanien gereist und hat dort das Ganze gefilmt."

"Wie bitte?"

"Ja, er hat gefilmt, wie die Polizei das Paar festgenommen hat und Harald ganz bedröppelt daneben steht, das müsst ihr euch unbedingt ansehen. Er hat mir eine DVD hiergelassen, kommt lasst sie uns ansehen." Kathi ging zum DVD-Player, legte die Silberscheibe hinein und stellte den Fernseher an. Sie startete die DVD und was sie da zu sehen bekamen, war schier unglaublich. Harald war ein gebrochener Mann. Man sah, wie die Polizeibeamten das Paar festgenommen hatten, aber auch, wie sie vorher Harald mitsamt seinem Gepäck aus dem Haus warfen, nicht alles, dass sie ihn noch getreten hätten. Beinahe wäre er noch gefallen.

"Das ist vielleicht ein Gaunerpaar, komisch, irgendwie tut er mir jetzt leid."

"Hört mal genau hin, wie diese Renate ihn noch beschimpft. 'Was willst du denn, du Looser, du bist doch ein alter Depp, hast du wirklich geglaubt, ich würde dich alten Knacker lieben? Was seid ihr Männer doch so blöd. Ich habe, was ich von dir wollte, nämlich die Finca und den Schmuck, den du mir geradezu aufgedrängt hast. Mein Mann und ich werden uns hier in meiner Finca ein schönes Leben machen. Und du, such' dir eine andere Bleibe, kannst ja zu deiner lieben Frau zurückgehen.'

Marco tat sein Erzeuger jetzt doch leid, wie konnte er nur an eine solche Frau geraten. Was für ein Biest.

"Hat Leonie den Film schon gesehen?"

"Ja, sie war etwas geschockt, denn irgendwie hat sie ihren Vater doch lieb. Sie hat schon gemeint, man müsste ihm helfen. Mir ist jedenfalls egal, was er macht. Mir hat er fast mein ganzes Leben ruiniert. Ich bin froh, dass ich ihn los bin. Endlich kann ich mal machen, was ich will und keiner redet mir rein."

"Tante Kathi, man sieht es dir an, du siehst glücklicher aus als früher."

"Ja, das hat auch einen Grund. Martin und ich haben uns endlich ausgesprochen und sind jetzt zusammen. Die Scheidung von Harald habe ich schon eingereicht. Diesen ganzen Schlamassel hat er sich selbst zuzuschreiben. So, Kinder, jetzt zu etwas Erfreulicherem. Leonie wartet schon auf dich und will morgen mit dir die Brautkleider kaufen gehen. Ich begleite euch natürlich und deine Mutter will auch mitkommen."

"Toll, Tante Kathi, wo ist Leonie denn?"

"Sie ist bei ihrem Freund. Beide sind gestern aus Frankfurt zurückgekommen. Über den Vorschlag, den Marco den beiden gemacht hat, sind sie ganz begeistert. Sie freuen sich darauf, die alten Leutchen zu betreuen. Sie hat mir auch erzählt, dass die Pension euch zusammen gehört und sie mit ihrem Großvater und dessen Kumpel prima auskommen. Ihr übernachtet aber hier im Haus und nicht im Hotel. Dann lasst uns mal die Hochzeit planen. Es müssen Einladungen geschrieben werden, das Menü muss besprochen werden und ihr müsst euch noch beim Pfarrer melden, Leonie und Florian waren schon dort."

Sie steckten die Köpfe zusammen und besprachen das Hochzeitsmenü. Leonie und Florian waren noch dazugestoßen. Bis zum Abend war alles bis ins kleinste Detail geplant worden. Auch die Trauzeugen wurden benannt und hatten schon zugesagt. So hatte Marco sein Opa Franz, Lisa ihren Vater, Leonie ihren Opa Herbert und Florian seinen Vater gewählt.

Leonie, Lisa, Kathi und Lisas Mutter machten sich auf den Weg zum Brautkleid kaufen. Sie suchten ein exklusives Geschäft für Brautmoden auf. Die Qual der Wahl war schwer. Beide Bräute hatten eine gute Figur und dementsprechend standen auch viele Modelle zur Auswahl. Sie entschieden sich schließlich für ein einfaches aber raffiniert geschnittenes Kleid. Das Modell kleidete beide hervorragend und die Mütter hatten Tränen der Rührung in den Augen, als ihre Töchter im Brautkleid vor ihnen standen.

Der nächste Weg führte in ein Schuhgeschäft, um passende Schuhe zu finden. Das war schnell erledigt und es ging es mit viel Gepäck auf die Heimfahrt.

Noch zwei Wochen, dann sollte die Hochzeit sein. Die Einladungen waren verschickt und Zusagen waren auch schon zurückgekommen. Marcos Verwandte würden eine Woche vorher kommen und sich im Hotel einmieten. Auch Opa Herbert samt den Kumpanen wollen zwei Tage früher kommen und mussten in München am Bahnhof abgeholt werden, sie reisten mit der Bahn an.

Eine Woche vor der Hochzeit, Opa Franz, Oma Sieglinde, Mutter Miriam und John waren gerade eingetroffen, erhielt Kathi ein Telegramm. "Oh Gott, was wird das wohl sein, Kinder, ich ahne nicht Gutes, es ist aus Spanien."

Alle setzten sich hin und waren gespannt, was dieses Telegramm wohl enthielt. Tante Kathi las es durch und wurde kreidebleich dabei.

"Mutter, was ist denn los?"

"Leonie, du musst jetzt ganz stark sein. Dein Vater ist tot, er wurde morgens um 10.00 Uhr von einem Zimmermädchen tot aufgefunden. Er lag stark alkoholisiert und mit Schlaftabletten vollgepumpt in seinem Hotelbett. Die leere Schachtel der Tabletten lag noch auf der Nachtkonsole. Die Polizei geht davon aus, dass er sich selbst vergiftet hat, indem er die ganze Packung schluckte. Der Alkohol hat noch das Übrige dazu beigetragen."

Leonie sackte in sich zusammen. Marco half ihr aufs Sofa.

Zwei Tage später kam der Postbote erneut mit einem Brief aus Spanien, den die Polizei weitergeleitet hatte. Es war ein Abschiedsbrief von Harald.

Hallo ihr Lieben,

ich weiß, ich habe viele Fehler gemacht und euch allen sehr weh getan. Dir am meisten, Kathi. Dich habe ich damals wegen des Geldes geheiratet, ich

136

weiß, du hast mich geliebt aber für mich war es nur Sex und ein Gräuel, jeden Morgen neben dir aufzuwachen. Als Entschädigung möchte ich dir die Finca in Spanien vermachen, dort kannst du dann deinen Urlaub verbringen, das wolltest du doch immer.

Auch bei Miriam und ihrem Sohn Marco möchte ich mich entschuldigen, sie habe ich damals geliebt und in ihrer Not alleine gelassen.

Leonie, es tut mir leid, dass ich dich wegen deines Berufes immer fertig gemacht habe. Ich hatte mir ausgemalt, dass du später das Hotel übernimmst. Und du erklärst mir dann, dass du Altenpflegerin werden willst. Ich weiß, ich habe immer sehr abfällig über diesen Beruf gesprochen. Jetzt bin ich froh, dann kannst du vielleicht meinem Vater als seine Enkelin die Liebe geben, die ich ihm das ganze Leben lang verwehrt habe. Ich weiß ihn im Alter in guten Händen, verzeih mir, ich habe dich immer lieb gehabt.

Aber vor allem bei meinem Vater muss ich Abbitte leisten. Ich habe ihn mein ganzes Leben lang verachtet. Meine Mutter hat ihn herumkommandiert und er ließ sich alles gefallen. Für mich war er ein Weichei. Ich hatte mir geschworen, dass mit mir eine Frau so nicht umspringen kann. Wenn ich verheiratet bin, habe ich die Hosen an und meine Frau macht, was ich sage. Ich habe leider zu spät eingesehen, wie egoistisch und selbstgerecht ich gegen euch alle war. Für mich ist das Leben nicht mehr lebenswert. Vater, wenn du kannst, verzeihe mir. Für euch alle ist es am besten, wenn ich nicht mehr lebe. Ich habe keine Lust mehr und bin ein gebrochener Mann. Ich habe mir durch meine Gemeinheiten und Dummheiten mein

Leben selbst versaut, trotz allem möchte ich euch auf diesem Wege alles Glück der Erde wünschen.

Mein Pflichterbteil, welches mir mein Vater überwiesen hat, habe ich der Kirche geschenkt, in die ich jeden Sonntag mit euch gegangen bin. Ich hoffe, unser Herrgott wird mir meine Sünden vergeben. Wenn ihr diesen Brief lest, bin ich nicht mehr unter Euch. Bitte verzeiht mir!

Euer Harald

Nachdem Kathi den Brief mit Tränen in den Augen vorgelesen hatte, herrschte Stille im Raum. Opa Herbert brach in Tränen aus. "Ach, Bub, was hätte mir e schee Läwwe zusammen hawwe könne. Warum machsde doim Läwwe uff so e Weise e End. Mir hätte doch redde könne, du hetst dich nur ännern un entschuldige misse."

Marco saß sehr nachdenklich auf dem Sofa, Lisa ging zu ihm und nahm ihn in die Arme. "Ach, Schatz, es tut mir so leid für dich. Allerdings haben wir jetzt auch ein Problem."

"Und das wäre?", fragte Kathi.

"Na ja, er muss doch beerdigt werden."

"Das ist schon passiert. Er hat angeordnet, dass er auf See bestattet werden soll. Das hat er alles noch vorher geregelt. Das steht in dem Telegramm, das von der spanischen Polizei geschickt worden ist."

"Der hat aber auch an alles gedacht, wie man so seinen Tod planen kann."

"Er muss sehr verzweifelt gewesen sein", brach Leonie wieder in Tränen aus.

Selbst Miriam war geschockt. Lisa konnte sich das Theater nicht mehr mit ansehen. Sie fand es zwar gut, dass er sich bei allen entschuldigt hatte, aber dass er damit allen noch auf die Tränendrüse drückte, war für sie zu viel. "Sagt mal, wollt ihr nun etwa Trübsal blasen wegen Harald? Dann hat er wieder erreicht, was er wollte. Soll ich euch was sagen, er ist ein Feigling, er hatte niemand mehr, der ihm alles macht und konnte keinen mehr herumkommandieren. Wenn er Eier in der Hose gehabt hätte, wäre er zurückgekommen, um sich bei uns allen zu entschuldigen und hätte sich seinen Fehlern gestellt."

"Lisa du hast aber wieder eine Ausdrucksweise."

"Also gut, Leonie, entschuldige bitte, ich hätte auch sagen können, er hatte nicht den Anstand und den Mut, sich seinen Fehlern zu stellen. Hört sich das für dich jetzt besser an?"

"Ist ja schon gut, ich weiß, wie du es meinst."

"Dein Vater hätte sich mit Opa Herberts Geld, seinem Pflichterbteil, ein neues Leben aufbauen können. Doch was macht er? Er schenkt es der Kirche, um sein schlechtes Gewissen zu beruhigen. Außerdem, überlegt mal, entschuldigt er sich bei Tante Kathi und mutet ihr im gleichen Atemzug zu, dass sie die Finca übernehmen soll. Dort, wo er mit seiner neuen Liebe seinen Lebensabend verbringen wollte, soll sie Urlaub machen, das ist doch unmöglich."

"Lisa, du hast eigentlich recht, er hat es nicht anders verdient. Haken wir das Kapitel Harald Schmieder endgültig ab." Marco nahm seine Lisa in den Arm und die anderen stimmten ihm zu.

Der Tag neigte sich zum Ende und alle waren froh, sich zurückziehen zu können. Jeder verarbeitete das Gehörte erst mal für sich alleine.

Die Tage vergingen und die Hochzeit rückte immer näher.

Lisas Periode war schon acht Tage überfällig und sie war sich nicht sicher, ob sie vielleicht schwanger sei oder nicht. Sie schob es auf die ganze Aufregung. Sie wollte Marco erst einmal nichts sagen. Ihr war morgens übel, sie fühlte sich nicht wohl und deshalb musste sie unbedingt Gewissheit haben. Also holte sie sich in der Apotheke einen Schwangerschaftstest.

Am nächsten Morgen, es waren nur noch zwei Tage bis zur Hochzeit, ging sie ins Bad und machte den Test. Gespannt wartete sie auf das Ergebnis, es war positiv. Sie war schwanger. Sie freute sich riesig und wollte gleich zu Marco gehen und es ihm sagen. Doch dann überlegte sie es sich anders. Das gibt mein Hochzeitsgeschenk für ihn. Sie würde es ihm nach der Zeremonie sagen. Wenn alle am Tisch sitzen würden.

Am Hochzeitsmorgen fragte Leonie: "Sag mal, Lisa, du siehst so anders aus. Als wenn du von innen heraus leuchten würdest. Was ist denn los?"

"Ach, das ist nur, weil ich so glücklich bin."

Beide Frauen waren angekleidet und zurechtgemacht. Sie sahen umwerfend aus. Lisa wurde von ihrem Vater zum Traualtar geführt und Leonie von Opa Herbert. Florian und Marco warteten schon ungeduldig in der Kirche, die voll besetzt war. Die standesamtliche Trauung hatten sie gestern schon hinter sich gebracht. Aber so eine kirchliche Trauung war etwas ganz Besonderes. Als die beiden Männer ihre Frauen sahen, waren sie freudig erregt. "Mann, die sehen aber beide scharf aus!", staunte Florian.

"Ja, wir sind schon zwei Glückspilze." Sie nahmen sie in Empfang und die Trauung begann. Nach dem Marco und Lisa sich das Jawort gegeben und die Ringe getauscht hatten, kamen Leonie und Florian an die Reihe.

Vor der Kirche hatten sich viele Schaulustige versammelt und ließen die Paare hochleben, als sie heraustraten. Das Personal vom Hotel stand in seiner Uniform Spalier, allen voran Martin. Das ganze Dorf war auf den Beinen, um sich diese Doppelhochzeit nicht zu entgehen lassen.

Es wurde aber immer noch um Haralds Ableben getuschelt. Sie konnten es immer noch nicht fassen, dass er sich das Leben genommen haben soll. Er war doch so ein frommer Mann. Die Familie hatte alle im Unklaren über Haralds Untreue und kriminelle Machenschaften gelassen. Nur die engsten Verwandten wussten Bescheid.

Von der Kirche aus ging es zum Kaffeetrinken ins Hotel. Dort wartete eine schön gedeckte Hochzeitstafel auf die Gäste.

Jetzt war der Zeitpunkt gekommen, um Marco zu sagen, dass sie schwanger ist. "Marco, ich muss dir etwas sagen."

"Ja, mein Schatz?"

"Wir werden bald zu dritt sein."

"Wie ..., was meinst du?"

"Stell dich doch nicht dümmer an, als du bist. Ich bin schwanger!!"

"Lisa, ist das wirklich wahr, wir kriegen ein Kind? Du bist dir ganz sicher?"

"Ja, ich habe schon einen Test gemacht und der war positiv."

"Hört mal bitte zu!" Er klopfte an sein Glas, alle schauten jetzt auf ihn. "Ich werde Vater, Lisa hat es mir gerade eröffnet." Alle freuten sich mit ihnen. Opa Herbert, Opa Franz, Oma Sieglinde hatte Tränen in den Augen, Miriam, John, Lisas Eltern und Leonie und ihre Mutter. Opa Herbert meldete sich zu Wort: "So is des Läwwe, aaner geht und aaner kimmt, de Harald hat Platz gemacht für doi Kind, Marco."

Es wurde noch lange gefeiert und alle waren glücklich.

Nach der Hochzeit kehrte der Alltag ein. Lisa und Marco Knapp zogen nach Nordhessen, Leonie und Florian richteten sich wie besprochen in Frankfurt ein, um die alten Herrschaften zu betreuen.

Gerade zur rechten Zeit, denn einer der Bewohner erlitt einen Schlaganfall. Zum Glück geschah es am Mittagstisch, an dem sich alle versammelt hatten. Gerhard verdrehte die Augen und fing an zu lallen. Leonie reagierte am schnellsten, sie vermutete sofort einen Schlaganfall. Sie rief den Notarzt, der sehr schnell vor Ort war und erste Hilfsmaßnahmen einleiten konnte. Gerhard kam ins Krankenhaus, gerade noch zur rechten Zeit, denn bei einem Schlaganfall zählen Sekunden.

Nach dem Krankenhausaufenthalt kümmerten sich Leonie und ihr Mann um ihn. Dank deren Pflege war er bald wieder auf den Beinen. Nur ein leichtes Nachziehen des rechten Beines blieb zurück. Aber was sehr wichtig war: Die Sprache war klar und deutlich. Zum Glück hatte das Sprachzentrum nichts abbekommen. Nach diesem Ereignis waren alle froh, so gut versorgt zu werden und das keiner von ihnen mehr alleine leben musste. Opa Herbert nahm seine Enkelin in den Arm. "Mei Mädche, bin ich froh, dass du do bist." Ihm standen die Tränen in den Augen.

Die Zeit verging, Marco und Lisa machten wie versprochen einmal im Monat einen Abstecher nach Frankfurt, um nach dem Rechten zu sehen. Opa Herbert freute sich immer riesig und tischte ihnen dann die berühmten Gereeste mit Oxeaache zum Essen auf. Opa Franz indes bekam wie erwartet an Weihnachten Besuch aus den Staaten. Bernd, seine Ehefrau und seine Tochter, die gerade mal 4 Monate alt war. Am ersten Weihnachtsfeiertag reisten noch Opa Herbert mit Leonie und Florian an. Den anderen Feiertag verbrachte das jungvermählte Paar bei Lisas Eltern.

Für Marco war es ein rundum gelungenes Weihnachtsfest. Wenn auch etwas Wehmut mitschwang, denn leider hatte sich herausgestellt, dass sein Vater sich als ein Vollpfosten entpuppt hatte. Trotzdem hatte er seine Wurzeln gefunden und nun quälte ihn der Gedanke daran nicht mehr. Er hatte noch einen Großvater und eine Halbschwester dazu gewonnen, was wollte er mehr. Er war zufrieden und glücklich. Sein Opa Franz hatte ihn nach der Hochzeit zur Seite genommen und sagte: "Junge, du hast dir mit Lisa ein Goldstück geangelt, halt' sie gut fest und komme nur nicht auf die Idee, sie mal zu betrügen. In ihrer Direktheit erinnert sie mich an Oma Lina. Auch sie sagte immer, was sie dachte und hatte das Herz auf dem rechten Fleck."

Lisa wurde nach neun Monaten von einem kleinen Sohn entbunden. Ihr Mann Marco war bei der Geburt dabei und wäre fast umgekippt. Der kleine Windelscheißer, wie Lisa ihn nennt, sollte Felix Harald heißen. Ihn als Zweitnamen mit Harald anzusprechen, kostete Lisa zwar viel Überwindung, aber sie tat es für Herbert und Marco. Er sollte später mal in die Fußstapfen seines Vaters Marco treten. Auch Oma Sieglinde und Opa Franz waren überglücklich, dass sie ihren Urenkel noch aufwachsen sehen durften.

Nun war auch Leonie schwanger und die ganze WG freute sich auf den Nachwuchs, der dann sicher sehr verwöhnt werden würde. So hatten sie doch jetzt alle noch einmal das Glück, ein Kind aufwachsen zu sehen. Übrigens harmonierte die WG mit Leonie und ihrem Mann sehr gut. Es wurden Regeln aufgestellt, an die sich jeder zu halten hatte. Bis jetzt schoss keiner der älteren Herren quer. Opa Herbert war nicht wieder zu erkennen. Er war nun immer fröhlich und guter Dinge. Oft pfiff er bei der Küchenarbeit ein kleines Lied vor sich hin. Er hätte nie gedacht, dass das Leben im Alter für ihn noch einmal so schön werden könnte.

Zu erwähnen wäre noch, wie es mit dem kleinen Fundhund weiter ging. Charly musste sich mit dem Kater Blacky auseinandersetzen. Oft gelang es ihm, er legte sich einfach auf den Rücken und ergab sich. Blacky war das zu langweilig und er ließ ihn in Ruhe. Dann kam die Nacht, in der Blacky wieder mal den Kampfkater des Nachbarn verscheuchen musste. Er miaute jämmerlich, er hatte sich nämlich beim Kämpfen ums Revier verletzt. Das war zu viel für Charly. Er stürzte aus seinem Körbchen. Durch die Katzenklappe gelangte er in den Garten und kam dem Kater zu Hilfe. Blacky hatte tiefe Kratzspuren am Kopf und der Kampfkater war im Begriff, ihn gerade wieder anzugreifen. Charly stürzte knurrend und zähnefletschend auf ihn zu. Er ließ von Blacky ab, denn er hatte schon sehr schlechte Erfahrungen mit anderen Hunden gemacht und nahm deshalb schnell Reißaus und ward nicht mehr gesehen. Blacky indes dankte es Charly mit einem lauten Schnurren und strich immer um ihn herum. Von da an waren sie die besten Freunde und verteidigten eifrig ihr Revier. Eine Freundschaft fürs Leben war geboren. Franz, der durch das klägliche Miauen seines Katers aufgewacht war, verfolgte die Szene, die sich ihm bot, staunend. Das hätte er nicht für möglich gehalten, dass die beiden so zusammenhalten könnten. Wie schon so oft musste er den Kater wieder mal verarzten, aber dank Charly ging alles diesmal noch glimpflich aus.

Beide lagen jetzt nachts eng aneinander gekuschelt in Charlys Körbchen. Blacky miaute und Charly bellte im Schlaf und beide schnarchten. Franz war das zu viel, das Körbchen stand nämlich seit neuestem in seinem Schlafzimmer. Er verbannte beide in den Flur. Das störte die beiden nicht weiter, sie leisteten sich gegenseitig Gesellschaft. Charly war auch vorher nicht beleidigt, als er im Schlafzimmer seiner Zweibeiner für den neuen Erdenbürger Felix Platz machen musste. Er zog mit seinem Körbchen ohne zu murren zu Franz und Sieglinde ins Schlafzimmer. Nach langem Beschnuppern durch Charly und Blacky wurde der neue Zweibeiner von ihnen akzeptiert und als Familienmitglied aufgenommen.

Ach, das Leben kann so schön sein, Charly war rundum glücklich. So hatte er doch auch eine richtige Heimat gefunden.

Christel Löber, geboren 1954 in Mörfelden, hat bereits Gedichte in mehreren Anthologien veröffentlicht. Außerdem ist sie die Autorin der beiden Kurzgeschichten "Ein neues Zuhause für Joschi" und "Neue Geschichten von Joschi", in denen ein Hund aus seiner Sicht sein (Hunde-) Leben betrachtet.

In einem weiteren Buch berichtet Christel Löber aus ihrem Berufsalltag als Arzthelferin: "Ärzte, Patienten und andere Katastrophen".

Alle drei Bücher sind erhältlich bei Books on Demand, Norderstedt, in jedem Buchhandel oder im Internet.

Zwei weitere Bücher mit den Titeln "Frieda S. oder Der Kampf des Lebens" und "Spätes Glück, Erbschleicher und andere Gestalten" sind im Verlag Wortgewaltig erschienen. Auch diese Bücher kann man im Buchhandel, im Internet oder beim Verlag käuflich erwerben.

Sie schreiben?

Wir machen ein Buch daraus!

Verlag **WORTGEWALTIG**
Werner Möhl
Gärtnerstr. 52
D 63450 Hanau
Tel. ++49 (0)6181 6104742
E-Mail: literatur@wortgewaltig.de
Homepage: www.wortgewaltig.de

Machen Sie den ersten Schritt -
setzen Sie sich mit uns in Verbindung!